外国文学评论

FOREIGN LITERATURE REVIEW

外國文學評論

4

1992

外國文學評論

REIGN LITERATURE REVIEW

1993

外國文學評論

LITERAT

2

199

外国文学评论

Foreign
Literature
Review

外國文學評論

Foreign
Literature
Review

2011.4

02

2017

中国社会科学院外国文学研究所 主办
国家社科基金资助期刊

《外国文学评论》三十周年纪念特辑

《外国文学评论》编辑部　编

社会科学文献出版社
SOCIAL SCIENCES ACADEMIC PRESS (CHINA)

目　录

序

我本不想说"三十而立"这样的套话，但似乎又难以避免；之所以不想说，是因为《外国文学评论》呱呱坠地就已然是个巨人，立得高，站得稳。它似乎并未筚路蓝缕，更非横空出世。在它之前，本所早有《世界文学》和《外国文学动态》（现已更名为《外国文学动态研究》）。此外，作为前身，《外国文学研究集刊》同样令人无言而心悦，尽管此刊基本不登所外同人之著述。然而，开始毕竟是开始。万事开头难啊！面对一桌新菜，最巧的媳妇也难免发怵，何况还有众口难调或偶无良米之忧。于是，从立意建章，到鸣锣开张，"二十四小时"般店铺伙计的辛勤劳作是一代代编辑殚精竭虑的奉献。

重要的是，《外国文学评论》在"改革开放"中应运而生。设若没有外国文学狂飙突进式的冲击与推动，我们思想解放的脚步便不可能如此迅捷；同样，倘使没有外国文学评论适时的鼓吹与引导，我们的译介便不可能这般繁盛、这般热闹。更为重要的是，文坛潮起潮落，而时代又总是有所偏侧。《外国文学评论》与前后左右的兄弟刊物奉顺社会诉求和国家需要，遵循学术规律和殷殷初心，逐渐形成了鲜明的品格。这中间既有历任主编如吕同六、韩耀成、盛宁、陆建德等为人称道的学术视野和各具特色的精神追求，也有张羽、吴元迈、黄宝生等不遗余力的关心和支持。三十年既不漫长，亦非短暂，屈指算来已有数十人倾力于斯，所憾在此无法一一道来，只能从略"等"掉。

又云三十年弹指一挥间，但蓦然回首，我们不能不感慨时光严酷、叹惋前辈零落。好在众多同辈后学继承鲁迅、茅盾、冯至、钱锺书等先人遗志，一直以不同的方式为此付出心血、贡献才智。眼看着各种量化指标、影响因子熙熙攘攘、纷纷扰扰，而《外国文学评论》可谓初衷不改、安之若素。

诚然，纠结总是免不了的。用经济学家的话说，恩格尔系数的下降与精神需求的上升适成反差。遥想当初，我们刚刚走出书荒年代，不论好赖，更无论翻译创作、评论随笔，但凡能被印成铅字者，便算是登上了文坛。而今，即若如春晚这般"精神大餐"，也是"槽点"多多、几成进退两难之势。何也？原因固然很多，但有一点似乎最为显见，那便是审美取向的多元发散。而它的背面恰恰是价值的混乱、权威的阙如。在这样一个"价值等于价格"的"后权威"时代，除了义无反顾地抵抗资本和技术或者二者的合谋，外国文学研究又当为何？或许更应取舍有度、进退中绳吧！问题是这个度、这根绳其实越来越难于确定、难以把握；"二为方向"、"二为方针"，说时容易行时难。

唯其如此，舍我其谁?！如何在坚持"三来主义"，即"不忘本来、吸收外来、面向未来"的前提下，勾画同心圆，彰显人类命运共同体愿景，不偏不倚、无过不及，恐怕正是如今《外国文学评论》的最大心志。毋庸讳言，文化自信意在消除百余年来的文化自卑，但若矫枉过正则势必滑向文化自大。遥望故宫三大殿：太和乃天人之和，中和乃人人之和，保和则分明是人己之和。这是满族同胞对中华文化的高度概括和杰出贡献，其中既有继承，也有创新。再观浩瀚世界文明，瞻人工智能与基因工程及形形色色的已知与未知，我们唯有"不忘初衷、牢记使命"，兢兢业业、克己奉公才无愧于这个时代、这片阵地，也无愧于业界同道的抬爱、作者和读者的青睐。

逢《外国文学评论》创刊三十年之际，并遵编辑部诸位同人之嘱，本人不揣浅陋，感慨系之。

是为序。

陈众议

2018 年 2 月 16 日·戊戌春节

《外国文学评论》三十年总目录

1987年第1期（总第1期）

1987年第2期（总第2期）

1987年第3期（总第3期）

1988年第1期（总第5期）

1988年第3期（总第7期）

1988年第4期（总第8期）

1989年第1期（总第9期）

1989年第2期（总第10期）

1989年第3期（总第11期）

1989年第4期（总第12期）

1990年第1期（总第13期）

1990年第2期（总第14期）

1990年第3期（总第15期）

1991年第1期（总第17期）

1991年第2期（总第18期）

1991年第3期（总第19期）

1991年第4期（总第20期）

1992年第2期（总第22期）

1992年第3期（总第23期）

1992年第4期（总第24期）

1993年第1期（总第25期）

1993年第2期（总第26期）

1993年第3期（总第27期）

1993年第4期（总第28期）

1994年第1期（总第29期）

1994年第2期（总第30期）

1994年第3期（总第31期）

1994年第4期（总第32期）

1995年第1期(总第33期)

1995年第2期（总第34期）

1995年第3期（总第35期）

1995年第4期（总第36期）

1996年第1期（总第37期）

1996年第2期（总第38期）

1996年第3期（总第39期）

1996年第4期（总第40期）

1997年第2期（总第42期）

1997年第3期（总第43期）

1997年第4期（总第44期）

1998年第1期（总第45期）

1998年第2期（总第46期）

1998年第3期（总第47期）

艺术审美的危机

　　——评《死在威尼斯》的艺术家主题　　　　　／张　弘（5）

1999年第1期（总第49期）

1999年第2期（总第50期）

1999年第3期（总第51期）

1999年第4期（总第52期）

2000年第1期（总第53期）

2000年第2期（总第54期）

2001年第1期（总第57期）

2001年第2期（总第58期）

2001年第3期（总第59期）

2002年第1期（总第61期）

2002年第2期（总第62期）

2002年第3期（总第63期）

2002年第4期（总第64期）

2003年第1期（总第65期）

2003年第2期（总第66期）

2003年第3期（总第67期）

2003年第4期（总第68期）

2004年第1期（总第69期）

2004年第2期（总第70期）

2004年第3期（总第71期）

2004年第4期（总第72期）

2005年第1期（总第73期）

2005年第2期（总第74期）

2005年第3期（总第75期）

2005年第4期（总第76期）

2006年第1期（总第77期）

2006年第2期（总第78期）

2006年第3期（总第79期）

2006年第4期（总第80期）

2007年第1期（总第81期）

2007年第2期（总第82期）

2007年第3期（总第83期）

2007年第4期（总第84期）

2008年第1期（总第85期）

2008年第2期（总第86期）

2008年第3期（总第87期）

2008年第4期（总第88期）

2009年第1期（总第89期）

2009年第2期（总第90期）

2009年第3期（总第91期）

2009年第4期（总第92期）

2010年第1期（总第93期）

2010年第2期（总第94期）

2010年第3期（总第95期）

2010年第4期（总第96期）

2011年第1期（总第97期）

2011年第2期（总第98期）

2011年第3期（总第99期）

2011年第4期（总第100期）

2012年第1期（总第101期）

2012年第2期（总第102期）

2012年第3期（总第103期）

2012年第4期（总第104期）

2013年第1期（总第105期）

2013年第2期（总第106期）

2013年第3期（总第107期）

2013年第4期（总第108期）

2014年第2期（总第110期）

2014年第4期（总第112期）

2015年第1期（总第113期）

2015年第2期（总第114期）

2015年第3期（总第115期）

2015年第4期（总第116期）

2016年第1期（总第117期）

2016年第4期（总第120期）

《外国文学评论》三十年大事记

大事记详列创刊三十年来本刊人员、专题、学术会议议题、栏目、论文体例、出版方、印刷方、定价、页码、开本的变更，以备作为将来刊物史研究之材料，并以此向曾经为这份刊物付出心血的冯至先生、前任编委们、主编们、编辑们、编务们致意。

1987年

2 月 15 日创刊。季刊。每年 2 月 15 日、5 月 15 日、8 月 15 日、11 月 15 日出刊

主管单位：中国社会科学院

主办单位：中国社会科学院外国文学研究所

顾问：冯至

编委：王逢振、叶水夫、叶廷芳、刘再复、朱虹、吕同六、陈燊、吴元迈、李文俊、李辉凡、张羽、张黎、林一安、柳鸣九、钱中文、郭宏安、黄宝生、董衡巽、韩耀成

主编：张羽

副主编：吕同六（常务）、董衡巽、吴元迈

常设栏目："理论与探索"、"二十世纪外国文学"、"外国古典文学"，另有"笔谈"、"我与外国文学"、"书评"、"国外文坛之窗"、"国内外国文学动态"、"读者·作者·编者"、"编后记"

办刊方向：关于当代外国文学理论的研究和评论；关于当代外国文学流派与批评流派的研究和评论；关于外国文学研究方法的评论；关于当代外国文学中的重大问题、文学现象和文艺思潮的研究和评论；关于外国古典文学理论与历史的研究和评论；关于外国重要作家与作品的研究和评论；关于中外文学关系的研究；关于重要外国文学作品和文艺理论著作的书评；关于外国文学理论、作家和作品研究以及有价值的外国文学资料的翻译；关于外国文学动态的报道

出版：中国社会科学出版社

印刷：北京新华印刷厂

定价：1.00 元

页码：144 页

开本：16 开

1988年

本年专题："二十世纪外国文学走向"讨论

本年度责任编辑：于慈江、全小虎、李征、童燕萍、于晓丹、周启超、蔡坚

栏目调整：（总第 5 期起）新增"短论短评"、"来稿选萃"、"学术活动评述"

1989年

本年专题：俄国形式主义、女性文学、象征主义文学、"五四"与外国文学、符号学研究、西方马克思主义美学

本年度责任编辑：于慈江、全小虎、李征、童燕萍、于晓丹、周启超、蔡坚、石海峻、张容、廖士奇

11 月 23 日，在浙江杭州召开《外国文学评论》座谈会

主编调整：（总第 9 期起）新增副主编韩耀成

编委调整：新增编委倪培耕；刘再复不再担任编委

栏目调整：新增"学术争鸣"、"外国文学资料"、"博士论坛"、"学术动态"、"简讯"

印刷方调整：北京太阳宫印刷厂

定价调整：1.20 元

1990年

本年专题：神话－原型批评、二十世纪外国诗歌、布莱希特与卢卡契现实主义理论研究、冯至研究、卞之琳研究、叙述学研究

本年度责任编辑：廖士奇、盛宁、袁玉敏、张容、李征、童燕萍、石海峻、阚晨、于晓丹、王纪宴

1 月 11 日，在北京召开"西方后现代主义"座谈会；11 月，在江苏南京召开"文学的传统与创新"全国学术研讨会

栏目调整：（总第 13 期起）"我与外国文学"调整为"中国作家与外国文学"，新增"外国文学发展态势"、"动态"、"全国主要报刊外国文学研究文章目录索引"

编委调整：（总第 14 期起）新增编委盛宁

出版时间调整：（总第 15 期起）8 月 18 日、11 月 18 日、2 月 18 日、5 月 18 日出刊

定价调整：1.50 元

1991年

本年专题：文学的传统与创新、小说技巧与理论

本年度责任编辑：周启超、廖士奇、童燕萍、王纪宴、袁玉敏、于晓丹、石海峻、盛宁、韦遨宇

10 月 9 日至 12 日，在江苏扬州召开"二十世纪外国文学：主题、语言、风格"全国学术研讨会

主编调整：（总第 19 期起）吴元迈任主编、韩耀成任（常务）副主编，新增副主编盛宁

编委调整：（总第 20 期起）朱虹不再担任编委

1992年

本年专题：纪念毛主席《在延安文艺座谈会上的讲话》发表五十周年（《讲话》与外国文学）、戏剧研究专辑

本年度责任编辑：周启超、韦遨宇、于晓丹、袁玉敏、王纪宴、童燕萍、石海峻、盛宁

1993年

本年专题：浪漫主义研究、"荒诞"与"荒诞文学"

本年度责任编辑：王纪宴、石海峻、周启超、袁玉敏、韦遨宇、于晓丹、谢巍

2 月 22 日，冯至先生去世；不再设顾问一职

7 月，在北京举办"二十世纪外国文学高级研讨班"；10 月 18 日至 22 日，在广西桂林召开"二十世纪西方文学中的批判意识与荒诞问题"全国学术研讨会

印刷方调整：（总第 25 期起）北京地质印刷厂

栏目调整：（总第 26 期起）"理论与探索"调整为"理论与研究"

1994年

本年专题：西方文学中的"异化"主题与社会批判意识

本年度责任编辑：韦遨宇、周启超、袁玉敏、王纪宴、石海峻、于晓丹、刘晖

编委调整：（总第 30 期起）新增编委赵一凡

栏目调整：新增"外国文学研究方向与方法探讨"

定价调整：（总第 29 期起）2.50 元

1995 年

本年专题：女性文学研究、反法西斯文学研究

本年度责任编辑：韦遨宇、袁玉敏、石海峻、于晓丹、刘晖、王纪宴

9 月 21 日至 24 日，在山东青岛召开"回顾与展望：跨世纪的外国文学"全国学术研讨会

栏目调整："理论与研究"调整为"理论研究"

定价调整：（总第 33 期起）4.00 元

1996 年

本年度责任编辑：韦遨宇、袁玉敏、于晓丹、刘晖、王纪宴、刘莉莉

主编调整：（总第 38 期起）韩耀成不再担任（常务）副主编

印刷方调整：北京昌平第二印刷厂

定价调整：（总第 37 期起）5.00 元

1997 年

本年度责任编辑：袁玉敏、王纪宴、刘晖、刘莉莉、石海峻

11 月 14 日至 19 日，在江苏苏州召开"时代与社会"外国文学研讨会

主编调整：（总第 43 期—总第 46 期）陆建德代理副主编

1998 年

本年度责任编辑：袁玉敏、刘晖、刘莉莉、王纪宴、朱建文、陆建德

1999 年

本年度责任编辑：刘晖、刘莉莉、王纪宴、袁玉敏、朱建文、盛宁

主编调整：（总第 50 期起）盛宁任主编、陈众议任副主编

编委调整：叶廷芳、石南征、石海军、刘象愚、刘意青、吴元迈、吴岳添、陈众议、陈敏华、陆建德、钱中文、郭宏安、黄梅、黄宝生、章国锋、盛宁、魏大海

10 月 15 日设立"思源"外国文学评论奖，将从 2000 年度发表于本刊的学术论文中评出获奖者，由香港思源基金会资助

10 月 24 至 26 日，在上海召开"文学·社会·文化——世纪之交的外国文学研究"全国学术研讨会

出版方变更：（总第 49 期起）世界文学杂志社

获奖：获中国社会科学院首届优秀期刊奖

2000 年

本年专题：文化的迁徙与杂交

本年度责任编辑：袁玉敏、刘莉莉、刘晖、王纪宴、朱建文

编委调整：（总第 55 期起）魏大海不再担任编委

论文体例调整：（总第 53 期起）论文正文前增加"内容提要"和"关键词"；正文后增加"作者简介"

页码调整：160 页

定价调整：8.00 元

2001 年

本年度责任编辑：王纪宴、刘晖、冯季庆、袁玉敏、朱建文、萧莎

1 月 15 日，"思源"外国文学评论奖获奖名单揭晓

4 月 22 日至 25 日，在云南昆明召开"文化的迁徙与杂交"全国学术研讨会

印刷方调整：（总第 59 期起）北京昌平百善印刷厂

2002 年

本年度责任编辑：王纪宴、刘晖、冯季庆、萧莎、张晓静、石海峻、朱建文

2 月 1 日，召开"高校文化素质教育与外国文学"学术座谈会

获奖：获中国社会科学院第二届优秀期刊奖

2003年

本年度责任编辑：刘晖、萧莎、冯季庆、张晓静、杨卫东、徐畅、朱建文

定价调整：（总第 65 期起）10.00 元

2004年

本年度责任编辑：徐畅、刘晖、杨卫东、萧莎、冯季庆、严蓓雯、尹霖、朱建文

7 月 24 日至 27 日，在江苏苏州召开"外国文学与本土视角"全国学术研讨会

印刷方调整：（总第 69 期起）北京地质印刷厂

2005年

本年度责任编辑：尹霖、冯季庆、萧莎、刘雪岚、严蓓雯、朱建文

主编调整：（总第 75 期起）新增副主编石海军

获奖：获中国社会科学院第三届优秀期刊奖

2006年

本年度责任编辑：萧莎、冯季庆、刘雪岚、严蓓雯、朱建文

10 月 28 日至 30 日，在福建厦门召开"与经典对话"全国学术研讨会

2007年

本年度责任编辑：萧莎、冯季庆、刘雪岚、严蓓雯、朱建文

4 月 26 日，在中国社会科学院外文所召开"回顾与展望"——《外国文学评论》创刊二十周年座谈会

获奖：获中国社会科学院第四届优秀期刊奖

2008年

本年度责任编辑：萧莎、冯季庆、刘雪岚、严蓓雯、朱建文

11 月 1 日至 3 日，在上海召开"现代化进程与外国文学"全国学术研讨会

2009年

本年度责任编辑：萧莎、冯季庆、刘雪岚、严蓓雯、朱建文

论文体例调整：（总第89期起）注释尾注改脚注

定价调整：15.00元

页码调整：240页

开本调整：小16开

2010年

本年度责任编辑：萧莎、冯季庆、刘雪岚、严蓓雯、朱建文

主编调整：（总第93期起）陆建德任主编，盛宁不再担任主编

印刷方调整：（总第95期起）北京千鹤印刷有限公司

2011年

本年度责任编辑：冯季庆、刘雪岚、严蓓雯、张锦、舒荪乐、朱建文

8月22日至24日，在河北北戴河召开"'文化转向'与外国文学研究"全国学术研讨会

主编调整：（总第97期起）陈众议任主编，新增（常务）副主编程巍，陆建德不再担任主编

2012年

本年度责任编辑：张锦、冯季庆、刘雪岚、舒荪乐、严蓓雯

9月21日至23日在苏州同里召开"外国文学与中国的现代自我"全国学术研讨会

主编调整：（总第104期起）新增副主编冯季庆

2013年

本年度责任编辑：冯季庆、刘雪岚、严蓓雯、张锦、舒荪乐、龚蓉

获国家社科基金资助

2014年

　　本年度责任编辑：龚蓉、严蓓雯、张锦、舒荪乐、冯季庆

2015年

　　本年度责任编辑：冯季庆、严蓓雯、舒荪乐、张锦、龚蓉

　　主编调整：（总第 113 期起）冯季庆不再担任副主编

　　定价调整：30.00 元

2016年

　　本年度责任编辑：严蓓雯、龚蓉、舒荪乐、张锦

　　8 月 23 日至 25 日在中国社会科学院北戴河培训中心召开"外国文学研究的史料与史观"全国学术研讨会

　　主编调整：（总第 119 期起）石海军不再担任副主编

　　体例调整：（总第 120 期起）每年刊发年度总目录

《外国文学评论》 "编后记"汇编

《外国文学评论》创刊三十年来，内到专题、体例，外到定价、开本都经历了许多变化，但唯一没有改变过的，就是刊物的"编后记"。三十年百余篇编后记连缀起来，几乎可谓改革开放以来外国文学研究历程的活字记录。

1987年第1期

酝酿已久，又略经周折，《外国文学评论》终于问世了。本刊有幸创办于改革与开放的伟大时代，它自然要把改革与开放四个大字写在它公开树立起来的旗帜上。"发刊词"扼要地阐发了刊物的这一主旨。

外国文学研究的对象极其宽广，上溯数千年，纵横五大洲，摆在我们面前的课题更仆难数。眉毛胡子一把抓，面面俱到，恐非良策。势必要突出重点。重点就像鸟儿赖以飞翔的羽翼。经过研究，我们打算把"理论与探索"、"二十世纪外国文学"两个栏目辟为刊物今后一个时期的重点。

本期"理论与探索"推出两组文章。文学的民族性与世界性问题，是当前评论界的一个热点。童道明、蒋卫杰两篇论文，既是对论争的参与，又蕴含着以世界文学的眼光对中国文学如何走向世界的沉思。巴赫金的复调理论引发了各国文艺界的浓厚兴趣，现今热烈争论的主体性问题，同它也大有关系。钱中文、宋大图两篇专论观点不尽相同，各擅其胜；卢纳察尔斯基一文虽作于三十年代，但对巴赫金理论的精辟分析和公允评价，今天仍给人以启迪。这三篇文章也不妨称之为一个小小的"多声部"。

对于二十世纪外国文学，我们拟从宏观的考察与具体作家、作品的分析两方面入手，互为补充。前者注意整体性、倾向性的探讨，夏刚的综论属于这一类。后者力求超越八股式的刻板评论，在深化论述对象的内涵，并由个别上升到一般上下功夫，有关福克纳的两篇文字，属于这一类；它们均出自年轻人之手，研讨的视角度、方法各有千秋，都有点新意。

我们给予古典文学以应有的重视。方平论莎士比亚戏剧观和段炼论哈代小说的文章，研究的路子迥异，前者细吹细打，颇有深度，后者充满锐气，以力度见长，当会引起读者的兴趣和关注。让多种声音、多种样式和各种风格出现于刊物，乃是我们的心愿。

"我与外国文学"是为中国文学家开辟的园地，希望能为中外文学关系研究提供一些宝贵的第一手资料。感谢鲍昌和高行健两位最先伸出热情的手，给予我们支持。

"书评"将办成本刊一个富有特色的栏目。它评论国内外出版的理论与创作新书，尤其是国外有价值的理论批评新著。内容介绍，略添一、二句俗套的评语，这种书评方式实在要破一破，虽然不那么容易。取其一点，言之成理，自由灵动，略具文采，我们期待着这样的书评。

"事既开端，必行至果。"伟大的佛罗伦萨人但丁的这句名诗，正可表达我们竭诚尽力办好《外国文学评论》的坚定信念。

1987年第2期

带着浓郁的油墨气息的创刊号刚刚问世，编辑部同人尚来不及获取来自读者群的反馈，第二期又要发稿了。没有读者的参与，刊物实际也只是一件未完成的作品。我们热切期待今后同读者建立融洽、密切的交流、对话，在读者朋友的积极参与下，办好《外国文学评论》。

用马克思主义的立场、观点、方法，去研究和探讨外国文学领域中一些重要而又模糊的理论问题，是刊物面临的一项艰难的任务。诗歌评论家飞白以长年译介和研究现代诗的心得为底蕴，写出《试论现代诗与非理性》一文。作者突破历来对外国文学中非理性问题的批评模式，辨析非理性的来龙去脉，它的内涵和价值。探讨是严肃的，对深一层研究非理性这样的难题将大有裨益。

本刊坚持"双百"方针，在向各种批评理论与方法的开放中，寻求借镜，扬弃糟粕，吸取养料，为我所用。金惠敏、兰明、张黎的三篇文字，分别对在当今西方美学界形成一股声势浩大的潮流的维特根斯坦分析美学，对日本二次大战后关于文学主体论的论战，对接受美学，作出了评析，当会引发读者的兴味。

八十年代国外文学的发展流向，是外国文学界和作家、批评家们颇为关切的问题。继创刊号登载论八十年代日本纯文学小说一文后，本期又推出钱善行的论文，以八十年代苏联四位重要作家的五部长篇小说为对象，通过整体的把握，概括了八十年代苏联长篇小说创作中出现的两大特征：超题材性和开放性。

外国古典文学的研究需要加强与深化，突破点看来在于课题与方法的开拓。感谢倪蕊琴为我们撰写了一篇比较研究托尔斯泰与陀思妥耶夫斯基的文章。文中对这两位文学大师在长篇小说文体的发展上所作出的重大贡献，作了相当精细、清晰的论述。

冯至先生是外国文学界的老前辈，又是位孚有声望的诗人、作家。《外来的养分》一文既是冯先生的文学创作同外国文学的血缘关系的自叙，又是对歌德，里尔克两位大诗人创作特色独具慧眼的议论。

本刊有志于改革文风，提倡精粹的评论短文。本期特刊出绿原谈卡夫卡小说细节荒诞与整体合理性的辩证法一文，既是对卡夫卡的评论，又是对诸家卡夫卡评论的评论，也是一篇优美的散文。余中先对 1985 年诺贝尔文学奖得主、法国作家西蒙的小说《农事诗》的评论颇为精当，小说潜在的内涵、诡奇的叙述结构与语言特征，一一道来，想必会帮助读者体味这部艰涩难解作品的个中滋味。

1988年第1期

《外国文学评论》满周岁了。如今办刊物难，早已尽人皆知。发行渠道的不畅，财政收支的亏损，自不待说，而要把刊物办得内容充实，信息丰富，具有较高的学术水平，更非易事。走完一年艰辛创业的路程，我们可以说：《外国文学评论》总算勉强站住了脚跟，在促进外国文学研究的繁荣，为我国社会主义文学的发展提供借鉴方面，多多少少做了点事情。这也可算编者忧虑中的欣慰吧。我们深深感激诸位同行和朋友一年来对我们的鼎力扶助，感激那些并未在刊物上亮相，但时时关心和支持我们的朋友们，例如在《大公报》上撰文，竭诚推荐本刊的加拿大华人作者卢因，寄来亲手制作的新年礼品的唐山水泥厂安秀扬等。没有众多的朋友的支持，刊物就没有了生命。

改革，是刊物的灵魂。科学地考察和研究当今外国文学发展进程中带有普遍意义的问题、规律、特点，是外国文学研究界的当务之急，是外国文学研究改革与发展所使然。本刊为此特辟"二十世纪外国文学走向"栏，以期展开深入的探讨。这样的研讨恐怕也将有助于我们文学观念的更新，思维空间的拓展和研究方式的变革。我们邀请各方文友在这块园地上进行对话、交流和争鸣。

改革外国文学研究，势必要导致改革文风。本刊创办时便有志于此，但要付诸实践却着实吃力。八股腔在刊物上时有出现，文章愈写愈长的势头颇难煞住。"短论短评"栏的设置，意在改革文风，陈言务去，提倡精粹的评论短文。小品同样可以是大手笔。此番良苦用心，恳望获得谅解与支持。

本期版面也略作改革。"二十世纪外国文学"仍是重点栏目之一，但不再面面俱到，而求点面结合，故本期集中编发一组评论，着重考察极具特色，值得重视的英国当代文学。其他栏目也将在充分酝酿的基础上逐步采取革新的措施。

在新的一年里，《外国文学评论》将在改革与开放巨轮的牵引下，坚定不移地前进。"这里必须根绝一切犹豫。"

1988年第2期

本刊去年下半年连续三次召开讨论会，探究二十世纪外国文学的发展态势与规律性，引起学术界的兴趣与重视。目前，讨论正在向深层展开，既有对问题的热点、难点的争鸣，也有对空白的断面的探索。本期"二十世纪外国文学走向"专栏再次推出一组文章。吴元迈的论文从考察二十世纪文学观念的格局入手，对问题进行宏观的，理论的透视，值得一读。二十世纪文学在艺术形式上的寻求、嬗变与发展，是人们在讨论中未予充分注意和认真展开的一个问题，钱念孙敏锐地捕捉住这一点，作出了自己阐释。研讨个别国家，地区文学，尤其是那些对世界文学进程产生重大影响的国家和地区文学的发展特征，当是对二十世纪外国文学走向作整体的、历史的观照的基础，为此，本期刊出郑克鲁论述本世纪法国文学的主导方向的文章。

本期"二十世纪外国文学"专栏较为集中地评论了苏联文学。近些年来，高尔基被国人冷落了。个中缘故是多种多样的。单就研究者方面而言，原因恐怕在于视野过于狭窄，眼光老盯着《母亲》、《底层》，还有一篇《海燕》，思维模式与研究方法也过于陈旧，难脱俗套。这里发表论高尔基的两篇文章，选取的视角不错，对丰富我国读者心目中的高尔基形象，颇有意义。顺便说一句，两位作者都是青年学人。艾特玛托夫，拉斯普京是对当今世界文坛发生冲击波的作家，本期刊登的两篇文字没有泛泛议论，而是有点新意。一年多之前，《日瓦戈医生》中译本面世时，本刊创刊号曾载文评论，本期何满子、耿庸的"对话"，则是对这部曾被历史的风尘蒙蔽、而今值得细细研究的小说的深一步的评论。

古典文学是本刊的一个重要栏目。多方位，深层次，新视角，是它今年的追求。上期刊出朱虹的文章，对人们熟悉的名作《简·爱》，从一个新颖的角度作了细致的分析。本期郑土生的文章，占有丰富的史料，对哈姆雷特研究中的一个悬案，提出自己的看法。考证，同样是学术研究。我们欢迎这方面的稿件。

"短论短评"栏受到读者的欢迎。本期董衡巽、余匡复的短论精当、充实。

今后，我们将不定期地开设这个栏目，并打算每期都有短小精粹的评论文字刊出。

迄今已有 11 位作家在"我与外国文学"栏与读者见面。"'外国文学与我'这个题目太使人着迷与动感情了。"诗人牛汉这句激情洋溢的话，编辑同人读了无不为之动容。但愿在作家朋友们的支持下，这个栏目能办得更加丰富多彩。

近来，文学界掀起"理论热"，外国文艺理论书籍大量翻译出版。这是可喜的现象。但令人深深忧虑的是，有些编者和出版社，看重经济效益，忽视社会效益，急匆匆地推出一些翻译质量很不像样的译本。文艺理论翻译，是一项学术性很强的、严肃的工作。粗制滥造，势必造成理论上的混乱和出版工作的混乱。我们发表对《真理与方法》中译本的批评，就是基于这一考虑。

1988年第3期

当这期《外国文学评论》送到您的手中时，酷暑正从您身旁悄悄地离去，秋日正朝您姗姗地走来。此时此刻，我们开始怀着喜悦的心情，与作者、读者一起从共同浇灌的这块园地里俯拾金色的果子；首先，请允许我们向您推出第三组有关"走向"的文章。我们盼望，这栏文章不仅会引起人们的兴趣，也能掀起争鸣的波涛。本组文章虽表示了这种意向，但仍只是水池中的一泓涟漪。文章的作者似乎不同意"钟摆式"的机械动势，也不满"你中有我，我中有你"的浅表组合。夏仲翼文撇开现实主义与现代主义之争，力图通过文学性的演变展望文学的走向；兰明则企望通过二十世纪日本文学进程中所显露的本质特征，阐述文学走向的质的规定性。显然，他们都不愿拘泥于文学浅表层次的描述，而想透过文学特质的嬗变现象看文学走向的趋势。

接下来，我们特地从几十篇精彩的理论文章里遴选出一组文章，它们展现了当代法国批评理论的现状和成就。无论是罗兰·巴特的"写作，是什么"，还是齐马的"本文社会学"，或是日奈特的"叙事学"，都是通过一个透视点或一个磁力场——文本，去阐述各自独特的批评理论。尽管各执一方，不免有失偏废，但他们各领风骚的批评方法，仍将给人们以启迪。

在"当代外国文学"栏目里，您将读到有关当代美国文学的一组文章，同时还有白烨对两本美国小说家论著的评点以及赵一凡对《美国文学简史》的评论。您不难发现,本刊旨在加强系列性的介绍。倘若读了发刊以来的有关美国当代文学的文章,再读董衡巽等人编的美国小说家论书,那么您对现当代美国文学大概会有个整体的认识了。赵一凡《走向世界的努力》似乎离上述题旨远了些,该文不仅肯定了《美国文学简史》的成绩,而且提出了编写文学史的更高目标。

屠格涅夫无疑是外国古典文学的热点,热点的作家难以评说,容易落入窠臼。但卢兆泉却从格式塔完形心理学的视角出发,揭示屠氏创作中蕴藉美的产生机制,不乏新意。陈国恩文是影响研究的实例,文章不仅指出屠格涅夫与郁达夫创作的相同处,而且着重强调由于各自文化背景和心理积淀的不同所造成的歧异。

这里,我们特别要感谢王蒙同志百忙中惠稿。您从文中可感知作者时间的珍贵,然而文章本身自有独特的价值。专攻诗歌的李发模则写得汪洋恣肆,洒脱自如。

我们无意成为卖瓜的"老王",只不过站在读者一边"数数家宝",以向辛勤笔耕的作者表示一点敬意。本刊不仅需要作者朋友的扶植,更需要读者上帝的关心,您的意愿、兴趣,将是我们编辑方针的一个重要依据。今后,我们将努力加强与您的交流和对话,也希望您不吝提出直率而宝贵的意见,以便我们改进工作。这里,我们再次向一切关心和支持本刊的朋友,表示衷心的谢意。

1988年第4期

一年来,我刊陆续编发了四组十四篇文章,多方位地审视了二十世纪外国文学的流变与走向,至本期算是暂告一段落。本期以三篇文章作结。其中陈燊的文章对吴尔夫这一只"麻雀"进行了解剖,认为文学"向内转"有脱离现实的倾向。而王泰来通过二十世纪法国文学的细腻展示,却又偏偏似乎肯定了"向内转"的客观价值(无独有偶,在"理论与探索"栏里,包承吉阐述"有意味的形式"的文章也是选取吴尔夫作为解剖的对象,只是其价值取向与陈燊相反,已趋于正极)。至于赵德明的文章,则是对二十世纪拉美文学走向的扫描。当然,总体而言这四组文章多半是自说自话,争鸣味不够。我们希望今后能有机会就所谓停滞现状、钟摆式的动势,你中有我的渗透,多元化的格局以及向内转的趋向等等问题展开争鸣。同时,这些文章截至目前绘出的走向轨迹,自然尚有待于今后更深入的探讨,更有待于文学实践的检验,我们不必匆忙作出结论。过于截然的论断、定式或模式往往无益于文学的发展。

"二十世纪外国文学"一栏里，继英国文学、苏联文学以及美国文学的出台，我们又推出了有关德国文学的一组文章。胡其鼎指出，格拉斯《铁皮鼓》所表现的是德国小资产阶级的精神状况，而不是铁蹄下的异化人物，从而无形中对当前流行的新文化（异化）批评模式提出了质疑。尽管叶廷芳一文无意作正面交锋，但该文仍坚持用异化尺度去解剖卡夫卡，读者自个儿可从中品味其精当分析的细致入微。张佩芬通过托马斯·曼和黑塞创作的分析，提出了思想先驱的问题，这是值得人们深长思之的一个重要文学现象。

这一期关于古典文学的一组文章显得凝重而又未免冗长，但毕竟显示了作者们深厚的学术功底。美籍华裔学者叶维廉寄自大洋彼岸的文稿，从英国前期浪漫主义诗歌出发，深入地探讨了西方美感意识的生成与流变，有助于国内相关研究的空白的填补。同样，简明分析赫尔德美学思想的文章也是一篇弥补空白的力作。陈融一文看似"应景"，但功力深湛，本刊特发此文，以示对奥尼尔诞辰一百周年的纪念。水洛一文追述了本编辑部召开的"外国古典文学研究座谈会"的情况。外国古典文学研究是整个外国文学研究的前提和基础，但目前外国古典文学研究面临危机较严重。看来，更新观念和方法，提高研究队伍自身的素质，才有可能摆脱困境。

"我与外国文学"一栏越来越受到读者诸公的青睐以及撰稿者的器重。凡投书本栏的作者或诗人无不花大力气无不自辟蹊径以出新意。舒婷的雕虫篆刻十分活泼、轻巧；而任洪渊的长篇巨制却又显得那么深沉、恢宏，真是各领风骚，各呈异彩。

1988年已近尾声，二十世纪也将揭开新的一页。各行各业都在回顾，更不忘瞩望。本刊作为一块园地本是作者读者和编者共同浇灌的。总结的重任理当落在辛勤的笔耕者们身上。我们无意越俎代庖，不过，我们与大家怀着同样的心情，期待《外国文学评论》在新的一年里焕放异彩。愿更多的朋友在新的气象里与我们同行。

1989年第1期

新年的鞭炮声中，《外国文学评论》以新的姿态出现在读者诸君的面前。本期开辟了"学术争鸣"和"博士论坛"新栏，推出俄国形式主义、女性主义和象征主义文学等专辑。柳鸣九一文指出，人们对恩格斯关于现实主义和左拉论断的误读，给外国十九世纪文学的评价带来了严重后果，一代大师曾因此而久受贬抑；郭树文通过重读哈代一部作品，对高尔基批判现实主义的论断提出了质疑；而黄梅通过研读英美材料，则发觉一些人对巴赫金的理解有着某种误差。对于这些见解，尽管你可以摇头或者首肯，但他们对某些新旧理论定势的质疑却显示了追求真理的学术气度。文坛上有不少或明或暗的性描写佳作，但评论界始终对此噤若寒蝉；如厕、阿堵一文以诙谐的对话，对性描写的文化、心理背景、文学功能、接受效应以及民族素质诸问题展开了认真探讨。人说萨特的《脏手》反共，仵文却反其道而行之，悟出《脏手》亲共的感受。这些文章或许引起你的深思，亦可能使你生厌，劝君不妨提笔一议，"学术争鸣"栏将为你提供园地。我们认为，在舌枪唇剑、面红耳赤的热闹气氛中，一些历来敏感的问题，也许会迎刃而解，一些理论定势也许经重新审视，或扬弃，或校正，或发展。

俄国形式主义有着"合理内核"的巨大动量，在某种意义上说，现在西方批评理论就是它驱动或催化的结果。值得深思的是，在自己故乡里曾遭厄运的形式主义理论，只是经由现代西方理论建树的反馈之后，才在其故乡重放异彩，并推动了苏联新诗学品格的建立。钱佼汝一文擘肌分理地分析了它早期的两大理论支柱——文学性和陌生化；周启超则在掌握大量直接材料的基础上，阐述它对当代苏联文艺理论研究的渗透。为了读者把握第一手资料，我们不惜版面，发表什克洛夫斯基的经典性文章。

统称为欧美现代批评的俄国形式主义、新批评、结构主义等，都是把文学自身作为对象的小文化范围内的文学批评；七十年代，后现代主义的崛起，显示了在大文化范围内实现文学批评的可能性。赵一凡一文着重描绘这一过程的变迁及其机制，进而提出我国文艺理论研究的设想，不乏真知灼见。该文是赵一凡博士论文的一部分。今后"博士论坛"栏热忱欢迎博士和博士生惠稿，刊登你们的研究成果，以提高我国外国文学研究的学术水平。

无疑，女性文学（包括女权主义文学批评）是当今令人刮目相看的一股思潮，风靡世界。朱虹、王逢振等人的文章全方位地勾勒了英美女性文学的创作及其文学批评，而刘晓文、赵砾坚等文则从某个历史纵横面切入，剖析英美女性文学发展的轨迹。

倘说西方现代批评是由俄国形式主义首开先河，那么象征主义则是横亘在古典文学与现代文学之间的一座桥梁。余虹一文从诗意转换、二元思维认同、语言探险三个方面，论述象征主义划时代的作用。郭宏安一文通过《恶之花》对象征主义大师波德莱尔艺术观的分析，更是鞭辟入里，不乏功力。这里，我们还为读者奉献了著名的象征主义诗人、文艺理论家瓦雷里的《象征主义的存在》一文。

本刊如此这般地调整和编排的用心，读者是不难意会的。这些专栏和专辑旨在强化本刊的学术性、现实性和开拓性。为此，我们不仅要把目光投向国内文化市场，还希望实现与国际评坛的联系和交流。新年伊始，我们殷盼更多朋友的关心、扶植和撰稿，以期把我国外国文学研究提高到一个新水平。

1989年第2期

"五四"运动是中外文化的一次大撞击，它唤起中华民族的现代意识，而从"五四"开始的对外国文学的评介，对我国新文学的发生和发展的历史进程起了触发、催化和改造的作用。三十年代鲁迅总结了这段文学"横移"的历史，提出了"拿来主义"口号。值此"五四"运动七十周年之际，有必要以今天的视角对外国文学的评介作出新的审视和思考。吴元迈的文章指出，"拿来主义"今天仍然适用，但不够了，还必须从全球意识和全人类思维的角度，以文学的纵向发展和横向联系相结合的视野来考虑"拿来"与"拿去"，借鉴与参与的问题。这个见解独到精辟，振聋发聩。

"学术争鸣"一栏，蒋虹丁通过对奥尼尔创作实践的分析，提出创作的源泉究竟是生活还是本本的一个古老而严肃的问题，文章可谓鞭辟入里，精致扎实。作家解正中似乎对我国文坛于外国现代派文学持如此"宽容"态度，流露出一种"忧虑"。他以传统的审美标准剖析西蒙的《弗兰德公路》，悟出的结论与时尚之言大相径庭，不失一家之言。柳鸣九等人的文章以雄辩的事实，严密的逻辑，正本清源，为自然主义辩护。诚然，用现实主义观照自然主义，无可非议，但用现实主义规范自然主义，把自然主义视作现实主义，这是否是对自然主义应有的独立美学品格的忽视呢？

我们不仅面对一个物态的世界，也面对一个符号的世界。在国际，符号学已成为包容各个学科成果的一门新兴学科。可惜，这个现象和情况没有被多数国人所理解，符号诗学则是研究文艺表义过程及其支撑的法则的一种形式主义批评理论。赵毅衡一文全方位地扫描了符号学发展的面貌及其机理，提出"人就是符号活动的总和"相似于"人是其社会关系的总和"的独到见地，并企图在符号学的认识论与方法论与马克思主义的认识论和方法论之间架起一座沟通的桥梁。李航以翔实的材料，擘肌分理地论述了布拉格结构主义符号学派的沿革及其模式范畴。冯季庆一文侧重在艺术符号的分析，指出西方现代派文学日趋符号化，但她不同意泛符号的无限延伸。

有人对文学"走向"的讨论持有非议，但人们却自觉不自觉地跃进这个漩涡中心。博士生傅浩对中外学者关于英国现代文学的发展呈"摆锤状运动"的观点不敢苟同。他指出，英国的新诗风总是对旧诗风的否定，同时又是向更旧诗风的复归——一种"否定之否定"的螺旋状运动，这不失为一种颇有见地的论点，同时亦是对本刊去年关于"二十世纪外国文学走向"讨论的继续与深化。

其实，任何新鲜事物都是在继承批判基础上发展起来的，从零开始，只不过是幻想或理想。这是邓友梅的经验之谈。邓友梅是"京味"作家，而浩然是彻里彻外的"土味"作家，但他们都没有排斥外来养料的滋润、吸收。浩然的"总到那里遛遛弯儿"，道出他如何以"土"化"洋"的惨淡经营；邓友梅则粗略地勾勒了他从洋派走向京派的经历。

今年是海明威诞辰九十周年，这期编发的一组文章从各个不同角度透视出我国海明威研究的一些新意。姚公涛和林青的文章从叙述艺术视角出发，对《窥视者》和《变》这两部小说的叙事功能作了有益的探索。

以上点评或许有失偏颇，但编者增添几分参与意识，无非是为了同作者、读者多作交流，并期待大家的兴趣和关注。

1989年第3期

随着西方马克思主义的出现，引发了它的美学和文艺思想，五六十年代以后，更是纷繁复杂，派别众多，长盛不衰，值得进行客观、深入的研究。有鉴于此，本刊特辟"西方马克思主义美学"专栏，分两期较为集中地评介若干影响较大的西方马克思主义代表人物的美学思想。卢卡契无疑是位著名的马克思主义批评家，他同布莱希特等进行的大辩论是马克思主义文艺理论发展史上的一件大事。范大灿的文章对这场论争作了评述，着重剖析了卢卡契在现实主义和现代主义问题上的观点；张鹏则对卢卡契现实主义理论的基石——本质和现象的辩正关系作了论述。两篇文章互为补充，可看出卢卡契文艺思想的一斑。杨小滨和陈学明分别对法兰克福学派的本亚明和马尔库塞的美学思想做了探讨。同研究任何问题一样，研究西方马克思主义也必须掌握第一手材料，弄清他们的理论、观点、主张。为此，在"书评"栏里涂途评介了新近出版的《西方马克思主义美学文选》一书。涂文还介绍了西方马克思主义的发轫、演化、发展的背景材料，会是饶有兴味的。

相当长时间以来，我国的外国文学译介和研究过分注重西方，而漠视东方（对日本文学的译介是个例外）。为了纠正这种不正常的倾斜，本期开设了"东方文学"专栏。东方包括的地域辽阔，国家众多，东方文学自然不是一个专栏、几篇文章所能覆盖，这是不言而喻的。设此专栏，无非是想引起大家对东方文学的关注，或许能起些推动作用。我们高兴地看到，这些年来，东方文学的研究有了可喜的进展，不少研究者力图以现代意识去观照作家、作品和文学思潮，很多方面有了新的突破。高慧勤等的三人谈，以东方三位诺贝尔奖得主为经线，深入探讨了东方艺术精神、审美意识以及作家创作个性。对他们论及的某些问题也许不无异议，但是这种严肃的探索对发展和繁荣中国当代文学不无裨益。叶渭渠的文章从人学、文学和美学的角度探讨了川端康成小说中的性意识，发现川端的小说在一定程度上反映了人性中的理性和心理上的非理性的微妙关系，颇有见地。黄超美不囿于历来对普列姆昌德的"定评"，通过对时代、社会和作品的具体分析，看到了作家思想和创作上的二重性：进步与保守并存。

夏洛蒂·勃朗特在我国拥有众多的读者，评者亦多，研究文章容易陷入"炒冷饭"的困境。但易晓明的文章却以新的视角，吸取心理学的研究成果，剖析勃朗特自叙体小说中人物横向情绪网络和纵向心路历程，开掘了小说的心态构成。

本刊去年发起的二十世纪外国文学走向讨论，一直为大家所关注。王宁的文章论述了二十世纪西方文论多元化的格局和西方文论各流派的主要模式，填补了关于"走向"讨论的一个空白。

这期刊物付排之时北京已是炎暑，编辑部同人挥洒了不少汗水，如果亲爱的读者觉得刊物内容还充实，我们就感到欣慰了。

1989年第4期

在西方马克思主义的众多派别中，这期继续评述了几位较有代表性的人物以及七十年代以来欧美马克思主义批评的新发展，从两期所评介的有限的几位西方马克思主义者来看，他们的美学观点是各种各样的，没有统一的理论模式。西方马克思主义者对美学和文艺学中某些问题的研究进到了很深的层面，甚至取得了某些开拓性的成果，但在世界观上，在一些马克思主义的基本原理上又往往是和真正的马克思主义距离甚远，甚至是对立的。对于他们的研究成果，我们不应采取简单化的办法加以否定或肯定，而是要用马克思主义来进行认真的研究和科学的分析，扬弃其错误，吸取有益的东西，以建设我们自己的马克思主义的文艺学。

本刊过去发表的研究巴赫金复调理论的文章，引起读者的关注，这期钱中文在文章中回答了黄梅对他的质疑，并对黄梅作了反批评；张杰则就巴赫金复调理论本身以及钱中文对这一理论的阐释提出了异议。由于各人的出发点或角度不同，对一些问题的看法存有分歧，推导出相悖的结论，这是极为正常的。通过讨论、切磋，彼此都可以从中受到启发，有利于研究的进一步深化，对于复调理论的得失也会逐渐得出一个实事求是的正确看法。对于严肃认真的学术探讨和争鸣，本刊历来持鼓励和支持态度，今年第1期《编后记》里就发表黄梅文章所说的话，表达的也是这层意思，丝毫没有对双方论点作出裁决的初衷。

对于现、当代外国文学，这期着重评价了法国文学。张寅德就普鲁斯特在《追忆逝水年华》中对时序、节奏和频率的特殊处理作了探索；冯寿农把自然科学中的全息结构理论横移到文学研究中，从总体上来窥视莫迪阿诺小说世界的秘奥。在世界观和方法论上我们坚持一元论，在具体研究方法上主张多样化。冯寿农新的研究方法的尝试是否成功，还待读者评说。关于法国文学的其他几篇文章也各有特色。这里要着重提到的是，一段时间以来，文学界有人主张作品要远离现实，淡化生活，提倡非情节化等等，他们以为这便是中国文学现代化、走向世界之路。殊不知，文学和生活本身一样，是纷纭繁杂的，外国文学更是如此，当代外国文学不只是现代主义一种模式。本期发表的《法国当代文学中的"回归"现象》一文，介绍了最近法国文学界在"法国文学往何处去？"的讨论中的一种较为普遍的观点。当然，我们并不认为，"回归"已成了法国文学（更不用说世界文学）的主要趋势，发表此文，是为我国文学界的朋友提供一种参照，借他山之石以攻玉。

"博士论坛"中任雍的文章在研究雅各布森的"音素结构"理论时，能辅以中西诗歌的实例来加以验证，突破了许多研究结构主义符号学的文章只谈理论、不触及作品实际的缺陷。

在送别 1989 年之际，愿和亲爱的作者、读者共同迈向九十年代的第一个春天！

1990年第2期

文艺是不是意识形态？关于这个问题的争论在马克思主义文艺学史上曾经有过多次，而且至今仍在继续。吴元迈的文章对国外及国内对这个问题持否定态度的一些观点提出质疑，指出马克思主义关于文艺是意识形态的命题同形形色色的唯心主义以及各种庸俗社会学划清了界限，是文艺理论上的一个重大历史性发现。我们认为，对于这个问题的深入探讨有助于弄清这一马克思主义文艺理论的基本问题。

西方解构主义批评的兴起，突破了西方传统思维定势，拓展了认识领域，导致对传统文学批评的巨大冲击。郑敏的文章用清晰的语言评述了孕育出解构主义思潮的背景及其自身的特点、实质，对这一颇为复杂的思潮作了深入浅出的阐释。解构主义张扬反传统、反权威、无秩序的多元、多变的思维方式，它同其他西方思潮一样也是一定社会、历史、文化、哲学的产物，对于它，我们既不必忧心忡忡，更不能趋之若鹜，不加分析批判地照搬照用；正确的态度应是用马克思主义的理论、观点、方法去加以分析、研究和鉴别，弄清哪些是消极的、破坏性的基因，必须加以扬弃；哪些方面可以借鉴，以发展我们自己的文艺批评。这些都需要外国文学工作者深入研究，密切合作，共同加以解决。樊锦鑫的文章选取了一个新的视角，从人的本体存在状态来论述文学空间意象的垂向境界。对这一课题的研究将会丰富我们对文学作品的理解。

对于这期的"二十世纪外国诗歌"专栏，这里有必要作若干说明。本世纪外国诗歌多姿多采，流派纷呈，其发展流变，兴衰交替，繁复庞杂，目不暇接。但是比之对散文文学的研究，国内对外国诗歌的研究重视程度尚嫌不够。推出这个专栏旨在推动对诗歌的研究。这一期只着重对英美诗歌进行扫描。袁可嘉和张子清的文章分别对二十世纪英美诗歌主潮作纵向审视，既有对英美诗歌流向的概述，又有对重要诗人诗作的精细的点评，疏放洒脱，气势恢宏。其他几篇文章或就某个诗歌流派的理论主张进行评述，或就某些重要诗人的诗风品位进行探索，以小见大，见微知著。二十世纪外国诗歌是个涵盖面很广的大题目，在一个专栏里不可能对此作全面评述，更不用说对地区和大语种的顾及了。这个缺憾我们打算在以后开设的诗歌专栏里加以适当弥补。

古典文学研究方面，黄宝生的文章对国外关于印度戏剧起源的种种观点进行了审视和评述，在丰富、翔实的资料基础上，并引证中国古典文献作为参照，对探讨的问题提出了自己的看法。陈燊的文章对众说纷纭的《罗亭》中的同名主人公是不是"多余人"的问题，论述了自己的观点。

最后还要提一下这期发表的两个座谈会的综述。本刊召开的关于"西方后现代主义"座谈会旨在沟通信息、交流情况，推动对后现代主义的深入研究。我们将在适当时候开设后现代主义专栏，热切期望得到全国同行的大力支持。在关于漓江出版社新近推出的四部辞书的座谈会的报导中披露了有关方面领导就外国文学的评介、选择、研究、借鉴等问题所阐明的政策精神，对反对资产阶级自由化，坚持"双百"方针，搞好外国文学研究都具有指导意义。

1990年第3期

3月底本刊编辑部和歌德学院北京分院联合在京举办了"布莱希特同卢卡契关于现实主义问题的论争"学术讨论会。本世纪三十年代末国际左翼作家之间进行的这场争论是马克思主义美学发展史上的一件大事。这次讨论会对卢卡契和布莱希特关于现实主义美学思想，并结合半个多世纪来世界文学在理论和创作方面的新发展进行了较为深入的研讨，这对正确理解现实主义，澄清一些模糊认识，用马列主义构建我国的文艺理论都有着积极的意义。这期发表的一组文章就是这次讨论会上的部分成果。

冯至先生是国内外知名的诗人、学者，也为我国的外国文学事业作出了卓越的贡献。我们热忱向读者推荐"冯至研究"专栏中的三篇文章。季羡林的文章写出了诗人兼学者的冯至的品貌，字里行间充满真挚的情谊；绿原的文章对冯至

《论歌德》中所包含的深邃思想进行了独具见解的探讨，是篇一气呵成的"散论"，文中由冯至的学术思想和严谨学风生发的议论针砭了国内创作和研究界的某些"时弊"和资产阶级自由化影响的表现，发人深思；解志熙的文章研究了冯至三四十年代的创作与存在主义的关系，认为冯至结合中国的实际对存在主义加以创造性的转化和阐释，殷切希望由个人的存在自觉达到民族群体的自觉与复兴。再有，这三篇文章明晰、清新、朴素的文风也是值得称道的。用浅显易懂的语言阐明一些深刻的道理，这不仅是一门语言艺术，也是一种踏实、严肃的学风。时下某些诘屈聱牙、故作深奥、读后使人犹坠五里云雾的文章不是可以从中获得一些启迪吗？

孙梁先生为本刊撰写的《〈都柏林人〉技巧探微》一文，不料竟成了他的遗著。孙先生去世的前一天在病床上读到本刊编辑部为发表此文给先生的信，心里感到欣慰，随即让家人向编辑部致意。这期发表这篇文章是对孙先生的追念，并寄托我们的哀思。孙先生文中谈到乔依斯作品中的"顿悟"，本期肖明翰就这个问题写了专文。"顿悟"（肖文译为"显现"）这种精神状态多少有点唯心主义和神秘主义的气息，但却是现代派作家常用的描摹世态、刻划心理的一种艺术手法和结构原则，对之加以研究可以为我们在分析现代派作品时提供一个新的角度。易丹的文章着重探讨了当今西方文学中所表现的人与异化自我的冲突的特点，并与传统文学中的异化主题作了比较。杨济余的着眼点则在《伤心咖啡馆之歌》突破高雅文学和大众文学之间的界限时所表现出来的强烈革新意识。一段时间以来像库珀、斯陀、德莱塞和斯坦贝克等作家的作品在美国被视作大众文学而受到冷落，但随着新历史主义和女权主义批评的兴起，一度受到贬低的大众文学得到重新审视和评价。要了解美国文学批评在这方面的最新发展，请读"外国文学发展态势"中美国威廉·R. 埃珀森教授的文章。

从本期开始，本刊增设"全国主要报刊外国文学文章目录索引"一栏，以便外国文学教学和研究工作者及时了解外国文学各学科的研究概貌，为他们寻找参考资料提供线索，想必会受到全国同行欢迎的。

1990年第4期

叙述研究的历史虽然已很久远，但叙述学作为一门独立的学科确立的时间并不长，它还很年轻。近年来国内文学批评界对叙述性小说的理论和技巧也产生了极大兴趣，对叙述学作了许多有益的探索。为推动对这一学科的深入研究，本刊特在这一期和明年第 1 期开设"叙述学研究"专栏，以便较为集中地对国外叙述学研究的进展情况，各个派别的理论观点以及研究工作目前所达到的水平作出评介，并就叙述学范畴、特点和术语概念等方面的问题进行研究。赵毅衡的文章通过对中、外小说中人物视角、转述语、情节结构、时间链等叙述学特征的研究，论证小说的叙述形式具有独立于小说内容的意义，并与一定的社会文化形态相联系。其他几篇文章或是在评说各家各派关于叙述情节概念的观点之后提出自己的意见，或者用热奈特的叙述语式理论对具体作品进行分析，提供叙述学应用于文学批评的实例，或者阐述热奈特和巴赫金的叙述模式及其对具体作品的解读。《叙述学概述》一文以翔实的资料勾勒了叙述学发展的清晰轮廓，并对各派理论得失作了简明的点评。

为庆祝卞之琳先生从事著译活动六十周年和八十诞辰，中国社会科学院外国文学研究所和河北教育出版社最近联合举办了"卞之琳学术讨论会"，本刊编辑部也召开了座谈会。我们选发的一组发言从不同角度评述了卞之琳在诗歌创作、文学翻译和研究等方面的卓越成就。

书评是推动创作，指导阅读的一种有效形式。书有优劣之分，对书作"评"有褒有贬乃是常理。但是我们有些书评没有在"评"字上下功夫，往往只是复述书中内容，像是内容提要；或者一味赞扬，廉价捧场，像是推销广告，这就失却了书评的意义。有感于此，我们发表英国当代著名文论家威廉·斯帕诺斯评西尔维奥·伽基的新著《现代/后现代：二十世纪艺术与思想研究》的文章。我们赞赏斯帕诺斯这篇书评的个性：尖锐泼辣，旗帜鲜明，具有独立见解，读后可给我们很多的启迪。至于作者对伽基这本新著所持的否定观点这里姑且不论，因为对于学术问题往往不能一锤定音。

继今年第 2 期后，这期我们又选编了一组评价二十世纪外国诗歌的文章。但是上次后记里提到的涵盖面不广的缺憾依然存在，只好以后陆续弥补了。

因为稿挤，本期"外国文学发展态势"未能排上，推至明年再发。

1991年第1期

读者会发现，本刊今年增加了一个新栏目："文学的传统与创新"。这是一个并不"时髦"、但却永远具有吸引力的题目。人类的旅程即将走完二十世纪这一站,略加回顾就会发现,本世纪的世界文学充满了变革,它的多姿多彩令人眼花缭乱,目不暇接:一方面传统文学依然生机勃勃,产生了不少具有世界水平的作品,另一方面又是新潮迭起,纷纷打出"反传统"的旗号;近几十年来文学的传统思维,包括许多"反传统"的先锋文学,又受到了后现代思潮的挑战,近年来又不时传来文学"回归"的声音……面对这些新的情势,有必要对文学的传统与创新问题作一番较为全面和深入的审视,以便寻觅出某些规律性的东西,为发展社会主义文学提供借鉴。为此,本刊编辑部和江苏、河南、山东等地的一些高等院校和研究单位于去年11月在南京举办了"文学的传统与创新"学术研讨会,本刊今年开设这个同名专栏,将陆续选发研讨会的部分成果和有关这个问题的其他文章。这些文章大多只是从某个视角切入,有些论点也许还有待商榷,但希望能在不同方面给我们某些启迪和思索。如本期余虹的文章,对当代形式主义批评进行审视,提出传统与"亚传统"的看法,说明传统与创新之间既继承又变异的关系。但文章对西方文论"内容-形式"二元论模式的考察辄止于形式主义和"新批评",对近几十年来西方兴起的后现代思潮突破"内容-形式"二元论的尝试还未加观照,因而文中"现代西方批评的主流是形式批评"这个论点也就值得商榷。但是余虹的"一家之言"仍可开阔我们的思路。

这一期我们继续发表了一组研究叙述学的文章。邵建对海明威叙事艺术的现代属性从理论深层上加以把握,并反观其叙述文本中的现象特征,论证海明威的叙述艺术乃是一种现象学叙述,论点独特,自成一说。韦遨宇对罗兰·巴特的叙述理论作了较为详细的评析,指出巴特用"明修栈道,暗度陈仓"的战术,用后结构主义解构了他表面上致力创导的结构主义理论。冯季庆认为叙述起源于生活经验,文学虚构世界必须观照客观现实世界,现代叙事文本是复杂多变的,研究叙述学应综合各种创作方法。这种观点不失为叙述研究的一种参照。

在现当代文学研究方面,刘晨锋的文章认为,福克纳《喧哗与骚动》中的变异时空具有可贵的美学价值,它导致文本的空白,可以激发读者感受到积极参与和进行再创造的乐趣。托马斯·曼《魔山》中耶稣会教士纳弗塔是个矛盾和复杂的人物,黄燎宇指出,这个人物把理性主义推向极端必然要导向法西斯主义,同时文章也挖掘了纳弗塔的雄辩在认识论方面的意义。阎保平和孙恒则分别研究了艾托玛托夫的小说和西蒙《弗兰德公路》的各自不同的独特结构。

黄宝生以西方现代文论与印度古代梵语诗学相对照,指出他们之间在横向上平行、纵向上贯通的关系。

"态势"和"动态"中的一些文章传达了当代外国文学创作和理论研究中的一些新的信息,也颇值一读。

在跨入1991年的时候,《外国文学评论》创刊已经五年。我们谨向所有关心和扶植它成长的作者、读者表示衷心感谢。本刊将积极贯彻"一手抓整顿、一手抓繁荣"的精神继续为活跃和繁荣外国文学研究作出贡献。

1991年第2期

编完这期稿件,推窗外,望春天已在枝头喧闹,我们期待着更多的朋友加入到《外国文学评论》的队伍中来,携手并进,为我国的外国文学研究园地培植更多奇葩,增添更多春色。

"文学的传统与创新"专栏中刊发的几篇文章,分别从文学流派的演变,文学的整体性,日本近代文学产生和发展的轨迹以及乔伊斯的艺术观点及其与西方现代文学思潮的联系等不同视角,以大量翔实的材料说明,新的流派、新的文学倾向以及作家作品的出现,都要对传统进行突破,这样才能创出新意,才有生命力;但是,突破并不意味着传统的消失。相反,每一种新的文学倾向、每个有建树的作家都与传统有着千丝万缕的联系,都是传统与创新交叉融合、相互作用的结果。舍弃传统,创新就成为无本之木;没有创新,传统终将断流。这些文章论证了传统与创新之间的辩证关系。

G. 斯泰因是美国早期现代派作家,作品标新立异,致力于语言实验。对这位作家的评价历来毁誉参半。董衡巽的文章从内容 – 形式二分法的批评模式切入,剖析了这位作家步入误区的原因。胡全生则着重探索斯泰因的文体特色,并具体分析了她的创作由后现代主义到现代主义到通俗文学的"软化"过程及原因。两篇研究海因里希·伯尔的文章也很值得一读。岛子从话语角度阐释伯尔的作品,是运用话语理论分析文学作品的一个尝试。拉特尔迈尔联系《圣经》对伯尔作品中出现的大量宗教符号进行解读,指出伯尔一生追求基督教教义的本真,反对曲解和滥用教义,造成社会的不公正,因此他的作品对战后德国社会持不妥协的批判态度,对"小人物"充满同情。对于不太谙熟西方基督教文化的中国读者来说，文章有助于我们对伯尔作品的理解。易丹分析了神秘主义是特定时代、社会和特定文化中的人的精神状态的曲折反映，从而顺理成章地揭示了品钦的《万有引力之虹》中神秘主义色彩所含的社会历史内涵。曾艳兵从哲学思想上追溯了《荒原》艰涩难懂的原因，并对作品作了自己的解读。

在研究外国古典文学的文章中，李嘉宝论述了契诃夫的创作以表现形而上的真实为追求作家对现实世界的态度及其反映世界的方法都有别于其他十九世纪现实主义作家，因而也决定了他艺术表现方面的特色。日本的《古今和歌集》中所呈现的自然总是那么纤弱阴柔、凄清无常，林少华以流畅的文笔从日本的社会历史、地理环境、宗教文化、创作主体等多种因素分析了这部和歌集所反映的审美心态。十七世纪英国玄学派诗歌，在经历了两个世纪的压抑、沉寂之后，何以在二十世纪重新被发现并受到推崇？衡孝军和章燕的文章分别对这一诗派及其代表诗人之一多恩在英国文学发展中的历史地位、艺术特点、现代派诗人与它的渊源关系作了评述。

老舍的《茶馆》的演出是按照斯坦尼斯拉夫斯基体系导演的，但是德国施伦克尔却发现老舍的美学思想、作品结构和创作手法等许多方面同布莱希特的叙事剧理论不谋而合。我们从这位异域学者的独特视角、具体而微的分析中得到不少有益的启迪。

这里还要提一下刘文飞的文章。这篇介绍通过电脑进行数据研究的文字，向我们提供了一个新的信息：新科学技术在文学批评中的运用。它表明，文学批评的某方面可能借助纯技术手段来进行，因此文中介绍的电脑批评，其意义就超出了对《静静的顿河》作者权的确定这样一个具体范畴。

1991年第3期

这一期我们发表两篇研究意图论阐释理论的文章。赫施是传统阐释学在现代文论中的典型代表，他坚持作者是文本阐释的最终权威，认为反意图主义（或称反作者中心论）的盛行为主观主义和相对主义的文本阐释敞开了大门。赫施致力于在传统阐释学对文本意义的确定性信仰和现代阐释学的相对主义之间寻觅一条沟通的途径。这无疑是有积极意义的，但是对于现代意图主义的理论需要恰当把握，否则在批判了反意图主义的主观武断的文本阐释的同时，是否有可能使文学批评成为创作的附庸的危险呢？

这期汪介之对本刊发表的《批判现实主义质疑》一文中的某些观点提出商榷。积极开展学术争鸣，有助于辩明真理，活跃理论，繁荣外国文学研究。我们热忱希望全国同行就外国文学研究中的各种学术问题发表意见，展开争鸣。

由于历史、政治、语言、文化等多种原因，奥地利的发展同德国有着密切的关系，随之产生的是否存在独立的奥地利文学，如果有，又始于何时的问题，长期以来一直存在着争议。对于这个问题，冯至先生认为，中国的德语文学工作者目前的研究还不够，尚没有能力来判断。但是冯先生在去年举行的奥地利文学讨论会的开幕词中还是对这些问题作了宏观阐述。他分析了十九世纪奥地利文学的四大特点，指出到二十世纪，奥地利文学越来越取得了自己的独立地位。对于这个问题，我们希望将来有机会继续进行深入的讨论。从这期刊发的李永平、张黎、郭铭华的文章中我们也可窥见奥地利文学的某些特点。

颜向红在研究西方现代小说时空处理与价值世界基本关系的文章中指出，西方作家由于对终极意义的存在提出怀疑，因而试图构建一个语言的世界来创造意义，反映了西方人在价值观念上的悲观情绪和虚无主义。赖干坚的文章分析了主观真实论作为意识流小说和其他现代主义流派创作的指导思想，割裂了主客观关系，这种唯心主义观点限制了现代派作家的视野，妨碍他们去真实地反映社会生活的风云变幻。

陈燊对《贵族之家》作了全面论述，通过对小说男女主人公爱情悲剧内涵的分析，否定了那种认为这部小说是"毫无倾向性的痕迹"的"纯诗歌"的观点。文章还对国外屠格涅夫研究者的不少其他观点提出质疑，发表了自己的看法。在另一篇研究俄国古典文学的文章中，何云波在论述了陀思妥耶夫斯基的皈依宗教的心理之后指出，作家对宗教的皈依主要是出于道德自我完善以及情感愉悦的需要。这个看法是否符合实际，有待于进一步讨论。

本刊的"动态"得到读者的广泛支持和欢迎，也常为一些报刊转载或摘登。好的动态就是一篇精悍的短文，动态短小灵活，反应信息迅速，但它的选材和写作需要付出很大的劳动。为了鼓励作者撰写高质量的学术动态，从本期开始，本刊目录上也署出每篇动态作者的名字。我们期待大家给我们以更多的支持。

1992年第1期

《外国文学评论》刚刚度过它的五周岁，这里我们要向全国所有支持、关心、爱护刊物的作者、读者表示衷心的谢忱。

在新的一年里，刊物有些什么设想？这是大家所关心的问题。借此机会，想谈谈我们的想法，以加强与作者、读者的联系。

首先，《外国文学评论》要坚定不移地以马列主义、毛泽东思想为指导，坚持"洋为中用"、"百花齐放，百家争鸣"的方针。刊物今年仍将继续澄清外国文学研究中的一些理论是非问题，继续清除资产阶级自由化的影响。从我国外国文学研究工作的全局来考虑，并吸取了一些同志的意见，我们对刊物的重点作了适当调整。在今后一段时间内，《外国文学评论》的内容将以理论、历史、现状三者并重。当然这是就我们对这三方面的关注、重视和投入的力量而言的，并不意味着在篇幅和分量上三者要等量齐观。具体地说，刊物将继续重视对外国文学理论，特别是马列主义文艺理论的研究，继续深化对现当代外国文学的研究，与此同时，对外国古典文学的研究要给予更多的关注，并希望在研究范围、观点、视角和方法等方面有新的突破。刊物的文章，要真正在"评"和"论"上下功夫，不能只是介绍或重复别人的见解，而要尽可能多地掌握第一手材料，对自己的研究课题、对作家、批评家的观点作具体、全面、科学的分析，看哪些是有价值的，我们可以借鉴；哪些虽有道理，但并不适合我国国情；哪些纯属偏见或谬误，必须加以批判扬弃。在此基础上还要进一步就这些问题提出自己的观点和见解，并尽可能地联系我国文学的情况加以论说。在唯物论和辩证法的指导下，提倡研究方法的多样化。总之，《外国文学评论》既要保持五年来所形成的风格和学术个性，又要在不断探索和开拓中前进。

今年是毛泽东同志《在延安文艺座谈会上的讲话》发表五十周年。《讲话》创造性地运用和发展了马列主义文艺理论，是我国社会主义文艺事业，包括外国文学工作的发展的理论基础和基本方向。认真学习《讲话》不但具有重大的现实意义，也有着深远的历史意义。为了纪念《讲话》发表五十周年，本刊将组织一批文章，论述毛泽东文艺思想对外国文学工作的指导意义，总结在《讲话》精神指导下外国文学研究所取得的成就和经验。

编辑部全体同志将一如既往，兢兢业业、勤勤恳恳地工作，为办好《外国文学评论》作出自己的努力。

1992年第2期

仲夏时节，当我们将这期刊物奉献在读者手里的时候，正值毛泽东同志《在延安文艺座谈会上的讲话》发表五十周年之际，为此，本刊这期发表了一组学习《讲话》的笔谈文章。在新的历史时期，如何贯彻《讲话》精神，繁荣外国文学事业？五位著名专家、学者从各个不同角度对这个问题发表了意见。

著名诗人、学者，本刊顾问冯至，老作家汪曾祺都对本刊寄以厚望，希望加强对外国文学的评论。我们深感责任重大，任务艰巨，因而不避嫌烦，还想在编后再作絮语，以期同全国同行进行交流和对话。

八十年代以来，我国评论界经历了一个异常活跃和亢奋的阶段，大量引进和评介了各种西方文论和思潮，起到了突破我国文艺理论界的封闭状态、打开窗户、扩大视野、拓宽思维的作用，使我们在建设有中国特色的社会主义文艺的时候有了重要的借鉴。但是，在引进过程中也难免泥沙俱下；更有些文章食洋不化，生搬硬套，或者盲目崇拜，唯西方理论是从，"拿来招摇一番"，因此冯至同志大声疾呼：多多注意"评论"两个字。本刊创刊以来虽然一直十分注重评论工作，但是还做得很不够，我们愿意和全国外国文学工作者共同努力，发扬成绩，克服缺点，切实改进和加强外国文学评论工作。

"会当凌绝顶，一览众山小。"外国文学评论要以马克思主义的世界观和方法论作指导，熟悉古典和现当代文艺理论。这样我们才能站在历史的制高点上，俯视世界文学的发展，把我们的研究课题置于历史和现实的交汇处，放到世界文学发展的长河中去考察，从整体上加以把握，作出较为深刻的解释和阐述，总结出一些客观规律来。汪曾祺同志提出："评价外国的作家和作品，得是一个中国的研究者的带独创性的意见，不宜照搬外国人的意见。"这个意见非常中肯。人云亦云的文章必须坚决杜绝。对作家、作品、理论、流派，人们的看法不尽相同，每个评论者谈出自己的简介，便有了意见交叉，就会有争论，就会形成一种议论纷纷、热气腾腾的局面。对于各类文章，本刊具有极大的包容性。引经据典、纵论横阖的所谓"学院式"文章，固以其深厚的理论功底和很强的科学性而具有较大的深度和力度，然而体验式的点评文章只要言之有物，同样也可给人以启迪。我们希望，我们的学者和评论家能注意把形而上的宏观把握与形而下的微观研究结合起来。那种堆砌、甚至炫耀名词术语、一味空谈玄论，让人如坠五里云雾的文章，读者是不欢迎的。对于那些描述性的文章，《外国文学评论》作为一本学术性刊物，一般也不宜刊发。这点希望能得到作者的谅解。

关于这期文章，自有方家评说，这里只想作个简略的交待。张德明、方汉文的文章从语言风格批评的角度，对语言意识和这个本刊过去涉猎不多的课题进行了探讨和评述；郑克鲁则具体研究了普鲁斯特的语言风格。国内对希伯来文学和荷兰文学的评介是个薄弱环节，这期发表的两篇资料性的评介文章，多少可以填补一下这方面的空白，为读者多打开两扇窗户。汪介之的文章着力从俄苏文学的总体背景上来把握高尔基的思想和创作，阐明高尔基在俄苏文学史上的地位，文章有一定的高度和深度。如何实事求是地评价高尔基的思想和创作，既不贬低，也不拔高，这方面还有许多工作要做，有些问题，如高尔基对"国民文化心态"的看法，对待十月革命的态度，以及对他不同时期作品的思想和艺术评价等等，还有待于进一步研究和讨论。弄清这些问题，对于研究中国现当代文学也是颇有借鉴意义的。

1992年第3期

这一期又有三位学者参加"《在延安文艺座谈会上的讲话》与外国文学"的笔谈。文章作者或对《讲话》中提出的一些理论问题以新观点、新视角加以阐述，或依据《讲话》精神就当前外国文学研究工作中的某些问题发表自己的看法。这组文章在不同方面会给我们很多启迪。

比起对于外国小说和诗歌的研究来，国内对于外国戏剧的研究就比较薄弱。本刊这期编发的二十世纪外国戏剧研究专辑就是为了改变这一现状所作的一次努力。这几篇文章当然不可能概括二十世纪外国戏剧的全貌。而只是对某些问题作了一些探讨。本刊上期《编后记》中曾就加强文章的"评"和"论"的问题进行过呼吁，专辑的几篇文章（当然不只这几篇文章），可视作对我们这个呼吁的响应。这几篇文章立足点高，视野开阔，观点鲜明，既有理论深度，又有对具体实例的精当分析，而且文章的语言明白通晓，没有一点唬人的架势。童道明论证了契诃夫所以成为二十世纪西方现代戏剧开拓者的原因，是一篇颇为用心的力作。申慧辉探讨了西方荒诞派戏剧的起因、特点和对西方剧坛的影响，颇有新意。汪义群从剧本创作、剧院变化、戏剧新品种以及剧作家的风格等多个角度，分析了六十年代以来美国戏剧对文学传统的背离，作者以大量材料支持自己的观点。任生名通过对奥地利作家汉德克的剧作《卡斯帕》的分析，讨论语言对个体生命存在的影响，把这个使二十世纪西方知识分子感到困惑的问题谈得比较透彻，颇具深度。这里，我们作为这组文章的第一个读者，怀着喜悦的心情向朋友们推荐这个专辑的文章。

欧洲的文艺复兴冲破中世纪宗教的思想禁锢，使人文主义思想得以弘扬，但是文艺复兴又是植根于中世纪欧洲的政治、经济、文化、宗教等社会环境中的，因而它与基督教文化的关系成为许多学者感兴趣的研究课题。胡志明认为，但丁是第一位艺术地为基督教文化的近代形态提供基本模式的诗人。张弘认为，文艺复兴和基督教文化之间呈现出新旧交替的复杂情景，既要看到文艺复兴并没有彻底摆脱中世纪基督教文化的旧机体，又要充分肯定它的新内容和进步因素。我们认为，关于对人文主义的再认识，是一个颇具学术价值的课题，欢迎有关学者继续来稿。

1993年第1期

辞去猴年，迎来报晓的金鸡。大力加强外国文学研究文章的"评"和"论"是本刊去年的工作重心之一。当我们回顾去年的刊物，看到许多文章资料扎实，观点明晰，论证深入，文字朴实，我们心里感到欣慰：《外国文学评论》朝加强"评"和"论"的目标迈进了踏实的一步。今年我们仍将坚持不懈地朝这个目标努力，而且步子要迈得更坚实，更洒脱，以期跨上一个新台阶。

92年我国外国文学界相当活跃：多个全国性的专题学术研讨会、许多国别或语种的外国文学学会的学术年会相继召开、国际学术对话得到加强、海峡两岸及港澳地区开展了学术交流、一批有分量的论文和专著相继问世……我国外国文学事业呈现一派生机与活力。党的十四大提出的建立社会主义市场经济体制的目标更为外国文学事业的繁荣带来了绝好的机遇。经济是文化发展的一个重要动因，社会运行机制的转换必将引起外国文学研究领域的深刻变化。改革开放的浪潮为外国文学工作者开辟了广阔的用武天地。海阔凭鱼跃，天高任鸟飞：更新观念、开垦研究领域中的块块处女地、拓宽研究视野、开辟新的研究视角、强化研究深度、重新审视已往提出的观点和结论、探索新的研究方法、加强国际学术交流……繁重的任务摆在了外国文学工作者的面前。这是机遇，也是挑战。

关于这期刊物，这里想简单交待几句。这期我们开设了"浪漫主义研究"和
"'荒诞'和'荒诞文学'"两个专栏。前者旨在立足于二十世纪末的制高点上，
对主要涌动于十九世纪上半叶的西欧浪漫主义作一全景式的俯视，侧重对其哲学基
础，理论和创作上的得失，它的影响以及现当代文学与它的渊源关系等方面作一次
较为深刻的再认识、再评价，这个专栏下期还将继续。冯至先生三十年代在德国海
德堡大学所写的博士论文，探索了德国早期浪漫派重要诗人诺瓦里斯作品中的渗透
和交融着的主体与客体、内在世界与外在世界，以及这位诗人的诗风及其哲学基
础。论文中许多深刻、精辟的见解对我们今天的研究仍然很有启迪。我们征得冯至
先生的同意，从论文的德文文本翻译了关于诺瓦里斯的气质、禀赋和风格的部分，
以《自然与精神的类比》为题发表出来，以飨读者。关于荒诞文学的讨论，其中
的文章是去年年底本刊参与发起和组织的一次学术研讨会的部分成果，会上其他一
些很好的论文由于《西方文艺思潮论丛》要出一本专集，本刊只好割爱了。本刊
记者所写的一篇研讨会侧记，多少可以弥补一些这一缺憾。

细心的读者一定已经发现，今年本刊从封面和版式设计到排版印刷都作了较
大改进。封二、封三和封底将配合刊物内容选用美术和摄影作品，或作家、批评家
肖像。我们在坚定不移地追求刊物高品位的学术质量的同时，力求把刊物印制得精
美些，形式活泼些，以满足读者的要求。这样做，刊物的成本当然就提高了，但本
刊的低定价今年仍将保持不变。

本刊编辑部同仁向过去一年里给我们多方面关心和支持的读者和作者表示衷
心感谢。我们将继续兢兢业业地为大家服务，并进一步解放思想，勇于开拓，同读
者、作者一道，为迎接外国文学研究更加繁荣的新局面携手前进。

1994年第1期

编完一期刊物，编者同作者、读者叙谈一番，或是交流思想、点评文章，或
是言说编者意图和计划，进行沟通，这是编者同作者、读者联系的一条纽带。值此
94年新春来临之际，本刊编辑部全体同仁谨向全国外国文学研究同行致以亲切的
问候。

回顾去年的工作，我们坚持办刊方针，对一些重要的外国文学理论问题进行

了踏实的探索，并在密切关注现、当代外国文学的同时，加强了对十九世纪以前文学的研究，始终追求学术上的高品位。这些努力得到读者的充分肯定和热忱鼓励，使我们感到欣慰。

当前，我国正在朝着建立社会主义市场经济体制转轨，外国文学研究既要适应这个正在建立的新的体制，又不能为商业大潮所淹没，所冲垮。这是全国外国文学工作者需要认真探索的重大课题。如果说当前国内文坛盛行"玩"、"侃"之风，以为这便是与西方后现代主义接轨，于是使文学的本体，它的审美功能和社会功能出现某种错位或滑坡的话，在外国文学研究领域中情况却是令人鼓舞的。外国文学研究经历了前些年一阵浮华的喧嚣之后，比较地冷静和脚踏实地了，大家深感赶时髦、凑热闹、急于建立自己的"体系"等等，终究不是学术研究的正道。在刊物上，大而空的花架子文章少了，许多作者都在文本上下功夫，因而许多文章写得扎实深厚，有了作者自己的见解和声音。

今年我们将进一步提高刊物质量，努力坚持学术上的高水平。外国文学理论研究是本刊一贯的重点之一。理论研究绝不是装门面、搞包装，而是外国文学研究不断深入、不断开拓的不可或缺的基础，本刊今年仍将花大力气组织好理论研究的稿件，重要的、具有跨世纪意义的现当代外国文学理论是我们关注的重点，同时还将加强对外国古典文学理论的研究，以探本寻源，并搞清它与现当代文学理论的关系。对于文学思潮、作家作品的研究，我们仍坚持古典和现代并重的方针，对于古典文学强调要以今天的眼光加以审视。外国文学研究工作者要有学术勇气，要有一个正确的理论立足点，不要盲目追随外国权威的观点，不搞虚假的包装。我们欢迎立意新、角度新、材料新、有开拓性和创见的佳作，欢迎不同学术观点的争鸣；对于各种批评方法，我们主张兼收并蓄，择善而从之。热忱希望全国同行积极赐稿，给我们以支持。

去年 10 月本刊就外国文学、特别是二十世纪西方文学中的异化主题和社会批判意识问题开了一次全国性的学术讨论会。前些年，国内有人热衷谈论社会主义制度下的所谓异化问题，引起过关于异化问题的一场大讨论，澄清了许多问题。我们去年这次研讨会以马克思主义的异化观为指导，专门就西方文学中的异化主题、其表现手法、审美取向和社会批判意识问题进行了较为全面、深入的探讨。这次研讨会在某种意义上来说，也是在一个层面上对西方现代派文学的一次总结。这期我们选发了研讨会的部分成果。

今年本刊进入创刊的第八个年头了，我们无意搞什么热闹的庆贺，只想以勤恳的劳动，一步步地实现刊物预期要达到、而现在还做得很不够的目标与心愿，在全国读者的关心和支持下，为繁荣和发展我国外国文学研究事业做些踏踏实实的工作。

1995年第1期

行将结束的二十世纪是一个风云变幻、纷纭繁复的时代。十月革命开创的社会主义革命经历了曲折发展的历程；科学技术的高速发展极大地丰富了现代物质文明和精神文明。另一方面，本世纪经历了两次世界大战，特别是第二次世界大战给人类造成了空前浩劫；局部战争、地区冲突连续不断，现代文明又带来种种消极后果，各种新思潮的涌现，既更新了人们的观念，又带给人们许多困惑。本世纪的时代特征和社会特征，决定了二十世纪外国文学复杂、多元的格局。今天，我们正处于新旧世纪交替时期，理应对本世纪的外国文学进行一次较为全面的回顾和总结，探索本世纪频繁更迭的各种文学现象、思潮以及创作和批评流派，考察它们各自的发生、发展和起伏消长的历程，研究它们相互之间的关系，评价各种文学流派的思想倾向和艺术特色，探讨重要作家、作品及其在文学史上的地位，以期对本世纪外国文学作出实事求是的总体评价，从而找出一些文学发展的普通规律，为发展我国的社会主义文学提供有益的借鉴。今年起我们将就此进行多方面的准备，这个课题将是《外国文学评论》今后几年的主要内容之一。我们期待全国外国文学工作者的通力合作。

今年是反法西斯战争胜利五十周年。反法西斯战争的胜利，在人类历史上写下了光辉的一页。在反对法西斯主义的斗争中，各国人民前仆后继，浴血奋战，创造了无数可歌可泣的英雄业绩。各国作家以笔为武器，不屈不挠地投入战斗，创作了大量优秀作品。今年本刊将对各国反法西斯文学的概貌和重要作家作品的思想和艺术成就进行专题研究。

古往今来的文学画廊中，许多不朽的妇女形象一直在熠熠生辉。但是，纵观漫长的文学历程，女性形象大多出于男性作家之手，即使出于女性作家之手，也往往是按照男人的想象或意愿塑造的。文学要表现女性，而作品中的女性又缺少女性的主体性，这就造成了"失重"现象。一个世纪以来，随着世界社会经济和人们观念的发展和变化，女性争取自我解放的意识逐渐觉醒，六十年代中后期西方的妇女解放运动更是日益高涨，要求彻底改变以男性为中心的现存世界，把妇女从男性的压迫下解放出来，女权主义批评也应运而生。"女性文学"是个含义广泛的概念，但总的来说，女性文学应是女性写女性问题的文学，是实现女性自我的文学。但是对这一课题的研究我国还相当薄弱。第四届世界妇女大会今年将在北京召开。这是世界妇女为争取平等、发展及和平而行动的大会。为祝贺这次大会的召开，本刊拟对外国女性文学进行多方位、多角度的研究和讨论。

正当我们编辑这期稿件的时候，得知朱雯先生和王佐良先生先后因病去世的消息，编辑部同仁深感悲痛。王先生、朱先生生前一直关心和支持《外国文学评论》。朱先生去世前一个多月还给编辑部寄来《雷马克和他的〈凯旋门〉》一文，这也许是朱先生生前寄出的最后一篇文稿。这期我们发表朱先生的这篇遗作，以寄托我们的哀思。

本刊关于外国文学研究方向和方法问题的讨论引起读者的广泛兴趣和关注，因稿挤，该讨论本期暂空。

值此95年新春之际，我们谨向甘于寂寞、默默奉献的外国文学工作者致以亲切的问候，并衷心感谢大家多年来对本刊的支持。在当前市场经济迅速发展的汹涌大潮中，要维持像本刊这样的一份纯学术性的刊物实属不易，因而我们深切地希望一切有识之士向我们提供使这份刊物办得更好的支持和帮助，我们将不辜负大家的希望，为活跃、繁荣和发展我国外国文学研究事业尽心尽力，竭诚为大家服务。

1995年第4期

说快也快，这95年的热闹似乎还没有过去，却已到了发排岁末的一期，到了该写点叙旧迎新絮语的时刻。大家都知道，今年是世界反法西斯战争胜利五十周年，又赶上联合国的第四届世界妇女大会在北京召开。躬逢其时，我们开辟了两大专栏："女性文学研究"和"反法西斯文学研究"。毋庸讳言，其中有应景纪胜的目的，但我们也的确想通过开办这类专栏，给我们这份坐惯了冷板凳的纯学术刊物多少吹进一些时代的气息。所幸的是，"女性"和"战争"向来都是外国文学中值得探讨、且永远无底的话题。两个专栏一开，今年来稿大增，这两方

面的研究都有长足的进步，为今后更深入的开拓奠定了新的起点，

从上一年延续下来的关于"外国文学研究方向和方法的探讨"，我们在发表了吴元迈先生的文章后决定告一段落。应该说这个问题的讨论是很有实际意义的。学界一个阶段以来关于所谓"后殖民话语"的讨论，或许使从事外国文学教学和研究的人士对自己所务来了一点反思，对外国文学研究作为一门专业的"存在的理由"（raison d'être）作了一番再思考，这无疑是件好事。但西方学界关于"后殖民"、关于"帝国主义与文化"的讨论，给我们最大的一点启示，则是他们那种对于自己的文化传统不断进行批判、不断推陈出新的精神。学术的进步靠的就是一种"问题意识"，人家提出的问题当然能够给我们某种启发，但人家提出的问题并不一定就是我们的问题，在更多的情况下甚至根本不是我们的问题。爱德华·赛义德批评"东方主义"，这对美国的学界不啻是一个新的视角，抑或同时也是一个警策。但他所谓的"东方"，显然并非我们这个"东方"，说他心目中压根儿就没有我们这个"东方"，其实都不冤枉。至于西方文化中有他所谓的"东方主义"的成分，也并不能说明整个西方现代文明就应与帝国主义的意识形态划一个等号。所以，话说回来，若问我们为什么要从事外国文学的翻译和研究，这个问题就必须从我们自身的实际提出并作出回答了。

既说到"问题意识"就再罗嗦几句。我们这些年已注意使《评论》"评"起来，"论"起来，要说进步也有，但做得仍很不够。从事外国文学的研究，第一步当然是对外国的作家、作品、思潮、流派等情况作必要的介绍，在此基础之上才能进行分析，分析的目的，则是提高和丰富我们对于所论作家作品内涵的认识，以利于我们的吸收和借鉴。这些都不言而喻。这里只提一点小小的希望，即希望我们的外国文学研究能加强一点"问题意识"，所谓"问题"，既是指研究与我们的文化建设有关的大问题，更指具体研究课题中应有明确的针对性。如作介绍，介绍者应该了解自己读者的基本水准，了解所介绍内容对于《文评》的读者有无新意，有无价值；如作分析评论，则应尽量了解论题的学术现状，使自己的评论有的放矢，使学术有所推进。

要说问题，我们现在就面对一个大问题。这些年出版了不少部外国文学史，据说更多、规模更大的外国文学史还在编撰之中。我们是否应该就文学史的编写，从对"文学史"中这个"史"的认识假设，到文学时期流派的划分评判，到具体编写中对作家作品的取舍、论述详略的原则等，进行一些探讨和交流呢？

西方学界在八十年代有过一次大讨论，随之产生所谓的新历史主义，我们是否也需要作一点反思？《外国文学评论》拟在明年开展一次这方面的讨论，但能否开辟专栏，将视来稿论文的数量质量而定。

需要一谈的还有个学术规范问题。这问题虽已得到越来越多学者的重视，但一些小的方面似乎还需作一点强调：文章立论应当己出，若参考了他人见解，应如实注明；文中第一次提及的外国人名、书名，容易产生歧义的专用名词译文，都应注以原文；引文一定注明出处以便读者查对：作者、书名、出版社、出版年代、出处页码为最基本的五项信息，请来稿者务必费心核实。

1999年第2期

《外国文学评论》自 1987 年创刊以来，已经走过了 12 年的历程。在全国从事外国文学研究和教学的全体学者同仁的关怀支持下。这份刊物现已成为大家发表自己的学术成果、交流切磋心得体会、以文会友的一个园地。我们高兴地看到，当年在我们创刊初期曾在本刊发表过论著的一些青年学者，今天已经成了国内这一究领域的学术带头人；而新一代的学者又生机勃发地不断加入进来，充分显示了我们这个学科领域后继有人、一派兴旺发达的景象。每个星期我们都收到大量的来稿就是一个明证。现在，经外国文学研究所领导批准，《外国文学评论》新的一届编委会已经组成，我们将在新一届编委会领导下，更加努力工作，把这份刊物办得更好。

办好刊物，当然首先要坚持正确的办刊指导思想。开展外国文学研究，目的是为了建设我们自己的社会主义精神文明。这是我们过去、现在和将来都始终坚持的一个原则。文学向来葆含了一个民族的文化积淀中最精粹的部分。我们对外国文学进行研究，就是对世界各国的人文经验进行整理和辨析，将那些能够为我所用的思想精华介绍过来，作为我们认识世界、改造世界的借镜和参考。当代加拿大哲人兼文学理论家诺思洛普·弗莱说过，"文学位于人文学科的中段，它的一侧是历史，另一侧是哲学。由于它本身并不成为一个体系严密的知识结构，因而研究者需要到历史学家的观念架构中去讨来事件，而从哲学家那里去讨来思想。"而正是在这个意义上，文、史、哲这三大基本人文学科，所从事的是对人类社会生活的政治、经济、历史、文化等层面的探究和考量，倘若说文学还有它更为特殊的功能，那就是它更关注人本身，它对于人的理想、道德、人的价值观的反省和质疑，则有可能使我们始终保持高度的清醒。

本刊一贯把"提倡创见、推动学术"作为办刊的宗旨。学术是一种发现问题、解决问题、积累知识的智性活动。一篇论文的价值，全在于它是否对于既定的认识和评价有所推进。这也是本刊编辑部在选用稿件时所遵循的惟一标准。我们认为，学术要得到发展，需要有一系列条件的保证，而最基本的条件其实只有两条：一是要有一个好的学风，既是做学问，就要把"学问"二字放在第一位，而现在干扰太多，因此尤有强调的必要；二是要有学术交锋，要提倡不同观点、不同见解的相互砥砺，避免低层次的重复。我们决心以坚持不懈的努力，营造起这样一个有利于学术健康发展的环境。

编辑部经常收到来稿者的信函和电话，询问稿件的处理情况。由于我们的刊物篇幅有限，因此来稿中的大部分不能刊用，这是大家能够理解的。而未用的稿件中，其实有些是不错的文章，之所以未被采用，只因为与本刊的定位不太吻合，也是因为限于篇幅，本刊只能以发表对外国文学作品、作家、理论思潮等方面的研究论文为主。当然毋庸讳言，在未能刊用的来稿中，有相当一部分则是因为稿件本身在学术质量上稍稍逊色的缘故。因此我们想借此机会，简单地谈一谈学术论文的一般要求，仅供来稿者参考。我们前面已经说过，一篇论文的价值，关键在立意，通常的说法就是要有"新"见：即所谓的新观点，新材料，新方法。为此，作者首先应该对论题做一点调查研究，了解一下有关这一论题的学术现状。此前的学者有过哪些论述，而相比之下，自己的想法和论点是否有所推进，这是必须考虑的问题。一般说来，学术发展到今天，要找到一个全新的课题，动辄开风气之先，填补空白，其实也是不太可能的。我们只能在前人研究成果的基础之上，言前人之所未言。因此，充分尊重前人的研究成果，明确自己的学术起点，承认自己对他人的借鉴，乃是一种最起码的学人品质。也正是出于这一考虑，我刊一再强调：希望所刊发的论文都有完备的注释，提供详细的参考文献，凡引征他人的成果，都必须注明出处——作者姓名，著作名，出版社名，出版年代，引文页码等。俗话说，"外行看题，内行看注"。一篇论文的注释和参考书目是否完备，引文来源的权威性，版本的可靠性，论文论点是否得到令人信服的证明，所有这些其实就已经大体确定了一篇论文价值。

承蒙全国以及海外学者同仁的信任和厚爱，我们收到的研究论文和稿件日益增多。对于大家如此热情的关怀和支持，我们谨表示由衷的、诚挚的谢忱。众所周知，现在办纯学术性的刊物，经济上是要承受很大压力的，但为了保证刊发论文的学术质量，本刊至今仍坚持谢绝任何形式的有偿交换版面的做法。而考虑到来稿者撰写学术论文的艰辛，我们甚至还适当提高了稿酬，达到了现在的每千字30 至 40 元（对海外学者则实行海外学术刊物的惯例：只寄赠刊，不奉稿酬，请予谅解）。为适应来稿增多的形势，我们已决定明年起将稍许扩大版面，每期再增加一个印张，达到十个印张，160 页的篇幅，在印刷用纸和装帧方面也将作相应的改进。我们真诚地希望广大的读者和作者向我们提出宝贵的意见和建议，把我们共同拥有的这份《外国文学评论》办得更好。

1999年第4期

1999 年对从事外国文学研究的我们来说，稍许有点不平常。因为这一年恰逢好几位文学巨擘的诞辰或逝世的周年纪念。歌德的二百五十周年诞辰，普希金的二百年诞辰，巴尔扎克的二百年诞辰，以及海明威和博尔赫斯的百年诞辰。媒体报刊上已有许多应景的炒作，我们则想借此机会，对这些文学里程碑式的人物多做一些学术方面的审视。在前几期刊发了一系列有关这些作家的论文新作的基础之上，我们在这一期中又刊发了关于拉美文学巨匠博尔赫斯的两篇论文。陈众议博士的《心灵的罗盘》对博尔赫斯的创作主题作了梳理和评述，而张汉行先生的《博尔赫斯与中国》则侧重于博尔赫斯思想中受中国文学和哲学影响的一脉。北京大学的谷裕博士对歌德的名著《亲和力》中的神秘主义的倾向进行了发掘，或可让我们看到歌德另一思想层面；黄燎宇从托马斯·曼的小说引出一个另类歌德的文学形象，文章有点像昆德拉的《不朽》，作者将正传野史熔于一炉，虽妙语连珠，却不免有将文章与道德、学术割裂之嫌；而杨武能教授的《试析〈浮士德〉的哲学内涵》（下），则显然属于国内歌德研究的传统思路，将"浮士德精神"径直等同于一往直前的进取精神。其实，要更深刻揭示该剧和浮士德这一人物的哲学内涵，似乎还可切入其"悲剧性"层面，浮士德追求知识和人生经验的结果，反意味着道德的堕落，这一悲剧性悖论中所饱含的哲学启示似尚未得到足够的重视和探讨。

关于布莱希特和卢卡契之争已有许多文章论述，张黎先生的《"表现主义论争"的缘起及有关讹传》整理了大量第一手的资料，从中引出比较中肯的结论，或可纠正我们过去在这一问题上的某些偏颇。李珺平先生将文艺学上一个最基本的概念"摹仿"又作了深入的剖析，追寻其内涵嬗变的轨迹，颇给人以启发。两篇关于叙事学的论文表面上都涉及意义的结构性问题，但实际运思的角度却不一样。针对后结构主义（解构主义）之后文本意义的被架空，冯季庆提出语义同一性这一很有理论探讨价值的问题，而王丽亚则多少想为解构主义叙事学收复被解构思潮夺去的失地，但有意思的是，她在承认叙事学的发展和自我完善的过程的同时，实际上已经承认了叙事学本身的致命的理论缺陷。限于篇幅，编者不能对所有文章一一点评，但高奋的对笛福小说观的研究和申富英对伍尔夫《到灯塔去》的探讨或可特别一提。两篇论文都对原稿作重大修改后才发表，后者能深入到伍尔夫小说的形式层面下，关注人物的精神追求和道德取向，是一可喜进步；前者对于笛福在英国小说形成过程中积极作用的肯定，显然也较前稿更充实丰满。要说欠缺，那就是评说判断之声音仍稍嫌微弱。

本刊今年第 2 期的《告读者》曾许诺要营造一个有利于学术健康发展的环境。这一建议也已收到积极的反馈，使我们感到莫大欣慰。为此，本刊决定专辟"学术争鸣"一栏，本期发表舒润先生对《二十世纪欧美文学史》中某些舛误的批评，为此栏目开了一个好头。作者一丝不苟的严谨学风，与人为善的诚恳态度，尤令我们感动。我们在此再一次呼唤批评和批评的批评，相信学界同仁一定会热情支持这个栏目，通过友好善意的切磋砥砺而达到弘扬学术的目的。

当这期《外国文学评论》摆放在您面前的时候，岁末将至。而一个崭新的二十一世纪正迎面向我们走来，请带着我们提前的祝福，伸展开双臂去迎接她吧。

2000年第1期

在辞旧迎新的世纪之交，扩版后的《外国文学评论》2000 年第 1 期与大家见面了。

进入新的千年，我们的改革开放将随"入世"步伐的加快而提升到一个全新的层面。我们与世界也将达到一种全方位的、共时同步的文化交流。面对这样一种"全球化"的挑战，我们应采取什么样的文化立场和对策，的确是一个已迫在眉睫、需要我们作出明确回答的重要问题。盛宁的《世纪末·"全球化"·文化操守》一文对"全球化"之说提出质疑,对欧美知识精英支持美国"人权高于主权"的新干涉主义进行批判,并强调在文化交往中要坚持自身的主体性,这无疑具有一定的现实针对性。但文中对哈贝马斯在科索沃问题上所持态度的阐释,是否应引申为对其整个政治态度的定论,则还可以从学术的角度作进一步探讨。本期发表的章国锋与哈贝马斯本人的访谈录,即为我们深入了解哈氏的后续立场和观点提供了某种参考。

程巍对《爱情故事》的阐释兼及对 1968 年欧美国家学生风潮的分析,是一篇既有理论深度、又紧扣小说文本的批评佳作。编者在去年第 2 期发表的《告读者》中,曾认真提出提高论文质量的问题,而论文的质量,关键就在于它有无真知灼见,能否推陈出新。程巍是研究法兰克福学派和西方马克思主义的,我们过去曾读过他对这一理论派别主要代表人物的专论,而这一次,他从一部通俗畅销书中阐发出的不俗见解,着实令人大受启发。对海明威式"英雄"及其所代表的价值观进行反思的话题,时断时续已有多年,李公昭对《永别了,武器》的解读,显然在这一背景下展开,作者阅读了不少国外学者的论述后写成的此文,带有明显的学术针对性和参与性,这一点则正是本刊所希望提倡的。

近年来对西方浪漫主义文学和理论的研究,无论在广度和深度方面都有了明显的拓展。对过去一向被称为德国消极浪漫派的施雷格尔兄弟的理论,王元骧的论文对其美学价值进行了有说服力的"重估"。而张弘则对一生与精神痛苦周旋的奥地利诗人里尔克,对他的《杜伊诺哀歌》中的死亡主题进行了探讨,值得称许的是,论文没有仅仅停留在哲理层面上的分析和结论,而是有意识地把握住了对这一主题的文学感受和体悟。

代显梅对亨利·詹姆斯的欧美文化融合思想的研究和杨金才对麦尔维尔小说中的意识形态倾向的重构,或许都可划入时下很热门的"文化研究"的范畴。毫无疑问,这一类研究可以向我们展示所论作家先前被掩盖着的某一文化特征或倾向,但这样的文章既需要去"做",又不能仅仅靠"做",其中得失的关键恐怕还在于第一手确凿材料的掌握,还是要靠实证。只有这样,才能实现从文本内向文本外的跨越。在这一方面,姜岳斌对《神曲》和敦煌变文故事中地狱观念的比较,似乎也有同样的长处和短处。文章直接比较的是《神曲》和两部敦煌变文，然而要真正揭示和解释东西方民族思维方式、价值观念等文化心理的异同，恐怕就不能仅仅局限于手头现有的文本了。

本刊扩版后，我们准备适当增加书评和动态等栏目的篇幅，以提供更多更新的学术信息。为此、我们衷心希望我们的作者们在论文写作之余，对自己所读到的立论新、视角新、材料新的学术论著写一些评论和介绍。书评不要超过五千字，动态在千字左右。

2000年第2期

改版的第1期推出后，一些作者和读者即给我们来信，有些还从外地专门打来电话，对刊物的内容和版式方面的改进给予肯定。我们将不辜负作者、读者们的希望，把大家的鼓励化作鞭策我们的动力，把本刊的编辑工作做得更好。

近一个时期以来，我们一再强调了要提高刊物的学术档次和水平。从今年以来的来稿看，作者们显然也对自己选题的学术价值、撰写论文的学术规范等更加重视了，而我们在刊发论文的选择、编辑加工方面也较过去更为严格，力争本刊所发表的每一篇论文，在论点、材料或论述的角度、方法上有所新异。也正是基于这样一个出发点，我们在这一期的"二十世纪文学"栏目中，首先推出了李永平的《里尔克后期诗歌中关于死亡的思考》和傅浩的《叶芝的神秘哲学及其对文学创作的影响》，二者的论题在迄今的国内研究中都涉及较少，而更值得赞许的是，两篇论文都是在阅读了大量第一手资料的基础之上提炼出的心得。海明威是个老话题。但这期上发表的《海明威笔下的女性》和《硬汉神话与生命伦理》则多少有点标新立异。前些年女权主义批评高涨之时，海明威被认为是贬斥女性的男性沙文主义的代表之一。但这两年风向有所转变，于是海明威对女性的态度似乎也变得温柔了些许，不知这《海明威笔下的女性》是否也是应运而生？至于"硬汉"，向来是海明威研究者最热衷的形象和主题，但于冬云在论文中则明确提出我们应"理智地拒绝海明威式主体神话的诱惑"，为什么呢？作者认为，"硬汉"所从事的，"在根本上仍是一种追求个人主体价值尊严的个人奋斗，是一场在现实层面上不能真正改写什么或获得什么的斗争"。

本期刊发了陆建德关于对奥斯卡·王尔德的研究，王钦峰关于福楼拜小说创作原则的研究，杨建关于犹太教圣经中的非圣经化倾向的研究，张和龙关于英国当代小说家约翰·福尔斯《捕蝶者》主题的研究，孟昭毅对于印度史诗成因的研究等，这些选题的多样化本身就足以说明我们外国文学的研究领域已经有了明显的扩大。这些论文所涉及的作家、作品、文类、主题，可以说都具有能给人以启发的新意。众所周知，王尔德早在二十年代就是中国文坛的一大热门。他风流倜傥，才气横溢，尽管谁都将他纳入所谓唯美主义的名下，但他实际上却是被当作冲破封建束缚的斗士而在中国文坛上留名的。历史和文化的差异着实在这里造成了一个不大不小的误读。而二十世纪的后半叶以来，由于同性恋问题在当代西方文化中显化到前台，且今年又遇王尔德百年冥诞，于是西方文坛和评论界早早地就涌动起对这位文坛怪杰的兴趣——远远超出了文学范围的兴趣。所有这些中国与外国、历史与当下间的种种反差，使王尔德的形象变得愈加扑朔迷离。陆建德的论文不仅对这位声名狼藉的文坛宠儿给予历史的定位，而且将分析的笔触探入他充满矛盾的灵魂深处，将"这一个"貌似英国上层社会的逆子贰臣，但骨子里却是英国贵族文化的殉道者的王尔德剖析得淋漓尽致。编者尤其推崇的是论文作者自始至终决不让自己轻易地嵌入某个现成的认识定势或结论，而总是坚持一种抽丝剥茧式的分析和尽可能准确到位的把握。

由于稿挤的缘故，我们只好把原先已经编发的几篇文章撤了下来，移至下一期发表，特向收到了我们的用稿信的作者作一说明。另外，由于我们的疏忽，上一期张弘文章中（第80页左栏最末一行）的"里尔克的天使一直观天象"一句应为"里尔克的天使是一个直观图象"，特此更正，并在此向作者读者致歉。

2000年第3期

在本期二十世纪文学研究栏目中，我们编发了一组由国内的青年学者撰写的关于现代派诗人和小说家的论文。提起现代派，不少人眼前顿时会出现种种与传统决裂的现象，而某人一旦被冠以现代派的称号，那么他（她）所做的一切，似乎也就必须统统符合反叛既往这样一个大的前提。然而，摆在我们面前的这组论文，却对这样一种认识定势提出了挑战。论文的作者没有拘泥于"现代派"、"现代主义"这些抽象的概念，而是针对具体的问题，具体的文本，进行实实在在的叩问和有根有据的分析论证。其中何宁对于叶芝的现代性的质询，即解释了这位为二十世纪时代特点定性的大诗人的多侧面、多层次的思想内涵，他对迄今有关叶芝研究的主要论说进行梳理辨析，并能择善而从，实属不易。但文中以艾略特作为现代派的基准标识，似又可商榷，因为与该文所质疑的叶芝的现代性一样，艾略特的现代性其实也同样可作进一步的分析。戴从容就乔伊斯与爱尔兰民间文化渊源关系所作的探索，显然是受了巴赫金"狂欢"说的启发，文中勾画出乔伊斯从鄙视民众的"超人"思想的信奉者到体察民风、将民俗文化吸纳入自己创作的过程，具有一定的可信度。然而乔伊斯与爱尔兰文化的关系，显然还不能停留在诙谐狂欢的层面，其中必然要涉及与英国本土文化的反差和冲突，而要把这个问题讲清楚，则恐怕需要对英国历史和文化有更深的洞察。此外，宁一中对康拉德《吉姆爷》的细读，张跃军对威廉斯意象主义诗歌的阐释，还有聂军对奥地利作家彼得·汉特克的分析等，也各有可圈可点之处，编者在这里特别推崇的是他们对作品的"同情的理解"，希望以此能形成对我们常见的那种套比着概念做文章的一种反拨。

在本期发表的古典文学论文中，有两篇是对于迄今所发现的人类最早的史诗《吉尔伽美什》的研究，邱紫华的文章着重解读和阐释，或可有助于我们窥见人类自我认识的起点；而蔡茂松的文章，则对用西方神话原型批评理论作出的解释提出质疑，他认为将吉尔伽美什追溯到"英雄－太阳"的原型既不符合巴比伦天文学和历法的理念，也不符合巴比伦初民的民族意识。作者来信称此文是在读到本刊去年那篇"告读者"之后撰写的，本刊将坚持不懈地提倡不同观点、不同见解的相互砥砺和交流。塞万提斯的《堂吉诃德》素向被认为是现代小说的开先河之作，但过去国内学界却研究甚少。陈凯先的一篇讨论《堂吉诃德》对现代小说之贡献的专论，在一定意义上有填补空白之功。但我们仍需指出，这个问题真正的解决，却必须延及塞万提斯那个时代的历史文化氛围和文学状况，同时又要兼顾当代西方文论的发展所提出的新问题，仅局限于塞万提斯和《堂吉诃德》本身是无法把问题说明论透的。本刊过去在讨论"元小说"问题时，其实就曾涉及塞万提斯在《堂吉诃德》引言中有关虚构问题的论述。

文论研究近年来似乎略有降温的趋势。在本刊收到的相当数量的理论类文章中，刊发比例也不是太大。这里或有选题本身恰当与否的问题，也有表述是否清楚明达的问题，但我们觉得，最需要强调的仍是理论研究所应有的一种"问题意识"。所谓问题意识，首先就是这一研究本身的明确的针对性，如我们前面所说的，要提出实实在在的问题，不是所谓的"伪"问题。惟如此，我们的理论研究，以至整个学术，才能真正有所推进。

2000年第4期

转眼又到了年底，本刊从年初扩版增容至今已发排了四期。从所发表论文的质量和我们听到的读者的反映看，我们的外国文学研究已奋力攀登上了一个新的学术台阶。这一年来，我们每月收到的论文数量大增，而更为可喜的是，这些论文的选题和所涉及的领域比过去有明显的扩大，我们在这一期中刊发的王守仁关于英国十九世纪重要学者、诗人马修·阿诺德诗剧片段的研究，孙法理对近年来英美莎学界认定出自莎翁手笔的几部剧作和诗作方面的追踪研究，黄晋凯对于巴尔扎克文学思想的理论探讨，李增对斯宾塞《牧羊人日历》中所反映的英国十六世纪社会政治状况的发掘，以及罗益民对安德鲁·马维尔《致他羞涩的情人》一诗的艺术分析等，即是国内学者学术视野在不断扩大的一个很好的证明。这些论文的关注点是迄今为止我们较少或未曾涉及的一些课题，但我们编发这样一组稿件，却丝毫不是因为它们的"冷门"，而是由于它们本身的学术质量。在经济实利被看得很重的今天，仍有那么多的学人把"智性的质询"作为不倦的追求，他们在目前这样一个大环境下能耐得住寂寞的精神着实让我们感动。这些论文的问世也在进一步说明，只要是文学经典，它们的认识价值、审美价值是永远不会过时的。

今年是我外文所已故老所长、著名诗人和学者、我国德国文学研究的奠基人冯至先生九十五周年诞辰，河北教育出版社出版了 12 卷本的《冯至全集》，我所于 9 月专门召开座谈会追思缅怀冯先生的学术成就，本刊在今年第 2 期上也曾刊发有关冯至诗学思想研究的论文《冯至与里尔克》。今年 12 月 8 日，适逢我所资深学者卞之琳先生九秩华诞。与冯至先生一样，卞先生也是我国新诗运动中一位杰出的诗人，外国文学翻译家和中外文学评论家，我们在这一期中特别刊发了江弱水的研究论文《卞之琳与法国象征主义》，以表示我们对卞先生学术成就的景仰和对他生日的祝贺。

就在我们编发这一期的稿件时，日本作家大江健三郎应我所的邀请来访，国内媒体对大江的访问表现出异乎寻常的热情，不言而喻，这热情的背后有一个非常善良的愿望，即希望从大江这个获奖的东方人身上得到些许启发，以期将来某一天，哪位中国作家也能蟾宫折桂，拿上一回这太让人气不平的劳什子。大江刚走不几日，果然就传来了消息：前些年已入法国籍的华人作家高行健被授予了2000年的诺贝尔文学奖。呜呼！这一令人啼笑皆非的决定，终于可以为"我们离诺贝尔文学奖究竟有多远"的讨论划上了一个句号了，因为它再清楚不过地向世人表明，该奖项评委大员们怀有怎样的意识形态的偏好。编者在得知此消息后曾向一位从事法国文学研究的朋友征询看法，这位朋友在电话中随口应道，"对于诺贝尔文学奖，又何必那么在意！1901年，该奖评委会把第一个诺贝尔文学奖颁给法国诗人苏利·普吕多姆，那就是它所犯下的第一个错误，今年2000年，它选中法籍华人作家高行健，只不过是它犯下的最新的一个错误，如此而已。"

2001年第1期

新年伊始，照例应该说上几句辞旧迎新的话。但由于本刊是季刊，待这一期送达读者手中，迎新的祝词也早就成了过景的马后炮，因此还不如借此机会，说一点如何在新的一年中把刊物办得更好的打算。

自去年初本刊扩版以来，编辑部收到的来稿大增，这无疑是广大从事外国文学教学和研究的学人以及广大读者对本刊的信任和支持。我们惟有以加倍努力的工作，来表达对大家的感谢。来稿的增加，从一定意义上说，当然提供了好中选优的可能，可以使刊物的学术质量得到保证。然而从我们每个月收到的数百件来稿看，优秀论文在其中所占的比例仍毕竟是少数。所谓优秀的论文，我们觉得首先应该是对某一个论题的研究：其立论应该有新意，论证应该缜密，关键是要能提供翔实的论据和材料，当然最好还能有点不同凡响的识见。时下对"创见"颇为强调，动辄要求"发前人之所未发"，"填补空白"云云，其实有点强人所难了。编者在此想起了余英时先生就论文写作曾说过的一段话，或可作为我们撰写外国文学研究论文时的借鉴。他说："史学论著必须论证（argument）和论据（evidence）兼而有之，此古今中外之所同。不过二者相较，证据显然占有更基本的地位。证据充分而论证不足，其结果可能是比较粗糙的史学；论证满纸而证据薄弱则并不能成其为史学。韦伯的历史社会学之所以有经久的影响，其原因之一是它十分尊重经验性的证据。甚至马克思本人也仍然力求将他的大理论建筑在历史的资料之上。韦、马两家终能进入西方史学的主流，决不是偶然的。"余先生在这里对论据作如此强调，这恐怕是我们未曾料及的：论据充分而立论不足，论文仍能有一定的价值；而仅有滔滔宏论却没有论据，则根本不能成其为论文。诚哉斯言！本期刊发的丁宏为、黄晞耘、杜林、张旭春等人的论文，如果说特别值得圈点，那就是它们都提供了缜密翔实的论据。

丁文的立论其实很简单：时下流行的新历史主义批评把历史视为文学创作的决定因素，该文认为此论偏颇，尤其在用于对浪漫主义诗歌创作的批评时缺乏说服力。然而丁文的价值并不在于它提出了一个相反的论点，而在于这整个的驳论是建立在众多具体的文学文本的读解基础之上：歌德的《少年维特的烦恼》，福楼拜的《包法利夫人》，卢梭的《忏悔录》、华兹华斯的《序曲》中诸多的段落，同代诗人的相关诗作，当代批评家的读解和阐释……所有这一切叠合在一起，令人信服地推导出了"自然……或经过加工的自然"，其实也可能成为构建浪漫主义诗歌的"中介因素"。黄晞耘和杜林则是从一个具体的小说人物切入，从中却窥见出作者在意识形态上、在心理上的某个隐衷。黄文一针见血地点出杜拉斯讳莫如深的心理症结，真可谓独具只眼。而两篇论文所共同的特点，则是在人物的分析上能如抽丝剥茧一般地层层深入，这论证过程本身体现了两作者读解和分析文本的功力。张旭春对浪漫主义理论研究中认识范式的梳理本身即已给人以很大的启发，而更为难能可贵的是，他还能为这些认识范式的变迁过程提供一个连贯的图谱，并对构成这环环相扣图谱中代表理论家的具体观点举一反三。

为了提高本刊的论文质量，本刊特拟定了一个关于引文注释要求的规范，敬请有意来稿者仔细阅读。这一规范并不仅仅是一个技术性的要求，其实它对整个论文的写作，从论文的立论起点，到论证的要求、论据的提供等等，都作了严格的规定，因而它也是对论文最终的学术质量的一个要求。达到这个要求，我们相信论文的质量一定会大大提高。

2001年第2期

一个时期以来，文论研究似呈现伫足不前的颓势，本刊去年第3期的编后记中曾提及。尽管这方面的来稿并不显少，我们刊发理论研究的论文却的确有所减少，主要觉得来稿在学术针对性上，即我们通常所说的"问题意识"上，稍嫌欠缺了一点。那么，理论研究应该有什么样的"问题意识"呢？在这一期中，我们向大家推荐两篇颇具功力的佳作，或可算是我们的回答。申丹的《解构主义在美国——评希利斯·米勒的"线条意象"》是一篇与当代批评理论大师直接对话的论文，论文从"宏观"与"微观"的相对性出发，对米勒的解构主义的解读进行审视和分析。论文固然是对作者一向坚持的结构主义叙事学立场的辩护，但作者对米勒后结构主义理论和实践的合理性承认，不啻也可视为作者本人对自己以往观点的一种突破。"宏观"与"微观"相对的视角在论文中是可以成立的。但解构主义所关注的更多的是文本内在的"意义死角"（aporia）：语言本身的修辞性所造成的意义的延异，在这一点上，申文显得缺乏足够的同情。林树明对埃莱娜·西苏"女性书写"观的评述，则具有某种正本清源的价值。国内对英美女性主义理论的评介相对来说多一些，而对法国，尤其对西苏这位重要的女性主义理论家的评介则较为少见。此文的长处在辨析，作者真的钻进了文本，对一个个的理论观点分辨出个究竟。

本期的另一亮点是日本文学的研究。日本学界向来重视个案研究，重视考据，推崇面面俱到的、彻底的考察。这种深究细察的学风对我国从事日本文学研究的学者也有潜移默化的影响。高宁通过对夏目漱石的国家观、天皇观以及对外战争观的剖析，揭示了夏目漱石精神世界中忠君保守的一面，或许这是迄今为止我们尚未认识到的另一个夏目。日本学者中田妙叶正在北京大学攻读博士学位，她对日本《大冈故事》中《生母继母争一子》受中国元曲《灰阑记》的影响所做的考据，着实可以让我们窥见日本学者在个案研究方面所下的功夫。林少华是目前国内出版的村上春树作品的主要译者，故而对村上有独特的体悟。此文的重点虽不在学术，但所作的比较——与中国现代都市文学、夏目漱石以及与日本文学本身的比较——都是有感而发，值得圈点。

刘润芳为我们提供了另一篇比较文学的力作——论布洛克斯的自然诗，兼与谢灵运的比较。不知何故，我德语学界迄今似乎对布洛克斯这位十八世纪上半叶的德国诗人从未有评介，刘的这篇论文无论在材料的翔实还是对诗歌的体味理解方面，甚至可以使其他专业的读者也能受到不小的启发。

本期发表的殷企平与王海颖的两篇论文，均属对某一研究课题迄今为止各家各说的批评，因此文章（尤其是前者）多少带有一点学术争鸣的味道。两位作者在自己的文章中对自己所持的观点当然也作了阐述。我们刊发这样的文章，并不意味着对他们观点的完全认同，而主要是要提倡一种关心各课题国内外研究现状的风气和习惯。把握课题的研究现状，正是我们先前所说的要具备"问题意识"的第一步。由此而产生的论文，才具有推进学术之功效。

2001年第3期

本刊在昆明召开的"文化迁徙与杂交"学术研讨会上，与会者提交了将近70篇正式论文。我们从中挑选了五篇论文，另加上六篇论文的摘要，辑为一束在本期发表，以飨读者。

本次学术研讨会的主题是"文化迁徙与杂交"，这既是一个老话题，也是一个新话题。说它是老话题，因为文化虽然有其相对稳定的内涵，却又总是处于一个缓慢、但是持续不断的嬗变之中。从时间上说，这种变化表现为传统本身的延续和更新，从空间上说，它表现为文化形态的迁移和文化影响的扩散，亦即我们这里说的"文化的迁徙与杂交"。但我们又说它是一个新话题，因为它是近一二十年来，所谓的"文化研究"蔚然成风之后所形成的一个学术热点。现在正方兴未艾的这种"文化研究"，其实应该说是一种对于既定文化的再审视、再认识。无可否认，这样的一股风，首先是从西方学界刮起的。而从文本和话语的层面上说，这种"文化研究"就是要重新改写长期以来人们已然接受了的关于自己文化属性的种种认识。若再仔细地审视一下，就会发现这种改写似乎在更大的程度上又是针对着西方以外的世界，针对"第三世界"，亦即"二战"以前处于西方帝国主义、殖民主义统治之下，而在"二战"以后纷纷取得了政治上的独立的国家。也正是因为这一缘故，西方学界多把这一文化研究称之为"后殖民"的文化批评。对于这样一种批评倾向，似有两点需引起我们的注意。首先是关于这种批评的性质。从表面上看，尽管它多为带有第三世界背景的欧美学者所提倡，然而它在本质上却又是一种基本上以西方人文价值观为准绳的知识整合。说来道理也很简单，文化的迁徙和影响并不是一种平行的互动，它往往是一种强势文化对弱势文化的冲击和改写，而对于弱势文化、对于第三世界来说，它们的被改写、被重构以后的文化，则必然深深地打上强势文化价值观的烙印，这已是摆在我们面前的一个不争的客观现实。其次，这种文化批评与我们究竟是怎样一种关系？后殖民批评在当下西方学界中的崛起，固然应引起我们的注意，但它毕竟是西方学界内部学术重点的转移，这种批评所反映的思潮动向，它对西方文学中殖民主义偏见的批判等，虽有值得我们关注借鉴之处，但并不等于说我们就必须放下自己手中的活计，不容分说地掺和进人家的热闹场面。我们必须紧紧把握住自己的目标，必须有自己的问题意识，而在目前各种文化潮流相互激荡的大势下，如何保持民族文化的主体性，如何保持世界文化的多样性，如何使我们光辉灿烂的民族文化传统得以发扬光大？则仍是我们必须严肃思考的头等重要的问题。

我们编辑部之所以要发起这样一次研讨会，就是出于这样一个应对文化挑战的目的。我们把这个问题提出来进行研讨，就是要使更多的人，更自觉地意识到这种文化研究从你从事研究的认识假设到具体的观察视角和方法，到你所选择的材料，直到你最终的研究成果，其实都有一种我们回避不了的政治性。只有看到了这一点，我们才能在我们的外国文学研究中，提高我们的自觉意识，为建设有中国特色的社会主义精神文明作出积极的贡献。

2001年第4期

德里达来了，德里达又走了。

在离开中国前为上海一份文学报刊的题词中，他意味深长地自称是"过路人"。

德里达此次短暂的中国之行，他在北京大学、中国社会科学院、三联书店《读书》编辑部以及上海复旦大学的讲演的基调，显然与多年来我们心目中所期待的那个"解构"有不小的错位和落差：我们期待的"解构"多是锋芒毕露的批判，而德里达的运思却集中在"宽恕"的可能：我们期待的"解构"是一种所向披靡的激进姿态，而德里达却毫不掩饰自己的"保守"……这也就难怪了，一些听众在聆听解构大师的演讲之后，愈加感到被泼了一头雾水。

相当一个时期以来，我们一直收到与上述期待大致相仿的评述"解构主义"的理论文章，但本刊基本上都没有刊用。要说原因也简单，因为这些文章对"解构"的掌握仍停留在二十世纪七十年代西方理论界在介绍"解构"时所作的描述和评价，那时大多强调"解构"是与柏拉图以来整个西方形而上学传统相对立的一种哲学。而迄今为止一些指导读者如何走近德里达思想的介绍，似乎仍然在他的早期观点上兜圈子，很少对他在八十年代后对解构所作的补充阐发能说出点什么。

不可否认，二十世纪的最后三十年，雅克·拉康、罗朗·巴特、米歇尔·福柯、阿尔都塞和雅克·德里达这五位法国思想家，把整个西方思想理论界搅得个疑雾迷漫，作为一个整体，他们的巨大影响是毋庸置疑的，然而，他们所遭遇的批评和反驳，其激烈程度也是空前的。这种思想的交锋和砥砺，使当代西方思想文学理论、政治话语和文化研究着实发生了深刻的变化，而与此同时，他们激进的理论也在悄悄地修正着自己，在时隔三十多年之后的今天看来，原先激进的理论锋芒早已所存无多。德里达本人就是一个最说明问题的例子。正像德里达自己反复咀嚼的那句"文本之外一无所有"（或："根本没有文本之外这一可能性"）所隐含的意思一样，"解构"其实也是根本不可能跳到西方形而上学传统之外进行的。到了八十年代以后，德里达的"解构"，恐怕已被明确地定格为一种坚持思想自由、探索意义可能性的方法。也正是在这个意义上，他在 1993 年发表的《马克思的幽灵》中心悦诚服地承认自己也属于"马克思和马克思主义的继承人"。

这些年，德里达再没有发表足以引起学术界轰动的力作，但他一如既往地在人们视而不见的各个思想接口处自由地思考着，求索着。要说"解构"，也许这就是真正的"解构"。1994 年 10 月，他来到美国费城附近的维拉诺瓦大学，这是一所基督教圣奥古斯丁教派创立的相当老派的大学。德里达像使徒传道一样，向那里的几位被他称之为"非常重要的哲学家"传授"解构的精义"（Deconstruction in a nutshell）。在这次讲话中，德里达即已明白无误地摆出了回归传统的姿态。他说"解构"从来就是把学术体制、学术良心放在第一位，从来没有对学术传统和体制发起攻击；他说自己是一个"保守的人，热爱传统体制的人"；他说是一些报刊的坏记者对他进行了歪曲，说他不尊重阅读文本；然而他对"柏拉图、亚里士多德等人的伟大典籍"从来都是充满敬意，根本不像他们所说的那样到这些典籍中搜寻差异和矛盾，故意找茬。总之，他再三强调："解构"不是一种从外部引入的机械的办法，而是文本中本来就存在的，说到底是文本自行解构。

中国俗话说，"三十年河东，三十年河西"。"解构"的命运成为一个最好的注脚。

2002年第1期

刚刚过去的 2001 年是外国文学研究成果丰收的一年，编辑部收到的稿件不仅在数量上呈累进增加的态势，论文的质量也比过去有了明显的提高。许多来稿者在附信中告诉我们，他们总是把《外国文学评论》作为刊发自己研究成果的首选刊物，这使我们非常感动。面对大家对我们刊物如此的信赖和支持，我们一定会加倍努力工作，把刊物办得好上加好，以此来回报大家的关爱。

但要把刊物办得更好，说到底还得仰赖所来稿件的质量。现在来稿数量大增，而我们每期的版面是有限的，这显然意味着现在要在本刊获得发表的竞争比过去更加激烈了。在这种情况下，我们想在此对刊物的广大作者和读者再重申我们的一点建议——它或许对大家的课题设计、论文写作以及研究成果的最后发表等会有所助益。学术研究和论文，选题是关键。我们在设计选题时，务必对自己研究领域的历史和现状多做一点调查，选题应从调查研究中来，而不能依靠"眉头一皱，计上心来"。许多稿件未能刊发，其实并不是因为文章本身写得不好，而是没有新意——没有新的理论观点，新的材料，新的认识和看法，讲了半天仍是些陈言老话，当然就不能在这份专发"论文"的学术刊物上发表。"论文"最大的特点是发前人之所未发，而要做到这一点，就必须重新对前人之述进行考察和辨析。为使得出的结论经得起检验，我们所涉猎的材料当然是要越充分越好。

而正是基于上述这样一种看法，我们要向读者着重推荐这一期刊发的两篇考据型论文——吕大年的《人文主义二三事》和张伯伟的《论日本诗话的特色》。人们以往一般都认为，我们中国学者要想在外国文学研究的领域中说出点新意，多半也只能在读解阐释上，若要在文字的考证爬梳方面能够对外国学界说道点什么，恐怕就不那么容易了。但吕、张二位的论文则可以改变这样一种看法。前者凭借自己娴熟的拉丁文、英文功底，对今日常用的"人文主义"（humanism）一词在文艺复兴时期最初产生时的词义进行了详细的考证；而后者则从卷帙浩繁的日本诗话典籍中，对涉及中国诗话影响的文字进行了详尽的梳理，并从中引出了关于中日韩诗话互动关系的某种定性看法。诚如吕文所言，一个词语或一个观念，对于它的来源知道得多一些，详细一些，总是好的。但这样是不是应该顺延到词义发展的另一个层面上。我们知道，一个词语或观念的意义，并不是一成不变的，不会从古至今一以贯之，它还有一个因时因地而不断增生变异的层面。今天的"人文主义"一语，其实早已越出了"人文"、"人文学"、"人文研究"方生之时的词义范畴，而这样的一个思路，显然又该是另一篇论文的题中之义了。

后殖民文化研究或可算当下的一个研究热点。梅晓云对去年诺贝尔文学奖得主奈保尔的评论《无根人的悲歌》尖锐地触及了如何把握后殖民作家的问题。"无根人"的命运悲在何处呢？奈保尔本人曾这样说过："我憎恨压迫者，但我又害怕被压迫者。"他的这一自况看来是他尴尬的文化身份的最好写照。本期有两篇论文论及文本的解构性：刘艺的一篇是梳理中外文论中的"镜喻"；王钦峰的一篇讨论的是博尔赫斯所惯用的"无穷后退"的叙述模式。前者驰骋于理论概念的局面；而后者则具体剖析了博尔赫斯如何把玩文本解构的游戏。这一文一武，颇能相得益彰。本期刊发的论文中，可圈可点者远不止这些。因限于篇幅，只好就此打住。

2002年第2期

本刊自创刊以来一贯强调正派的学风、严谨的学术规范，学界同仁有目共睹。基于对广大学人的信任，"响鼓无须重槌"，我们在历次的"编后记"中，从来都是正面地引而不发，提倡一个好的学风，提倡营造一个诚信的学术氛围，而尽量不用"抄袭"、"剽窃"一类既令学人刺目、又为学人不齿的字眼。当然，这并不等于说我们对这类"文抄公"失去了警惕。其实在过去若干年里，板上钉钉的"抄文"，经由我编辑人员发现的就有多次。但即使如此，我们总是与人为善，只与抄袭者本人联系，希望他（她）对自己的问题能有所认识，杜绝再犯。令我们高兴的是，幡然悔悟，痛改前非者毕竟是多数。但我们也不得不说，窃文者有时竟比窃物者更有说辞，即使被逮个正着，他还要嘟囔出一些不三不四的辩白，或说自己是不小心把手伸到了别人的兜里；或说自己地处偏僻，好不容易才得到一份深得己心的材料；更有不知羞者还倒打一把，言之凿凿地反问你能否举出天下文章不抄的证据。所幸的是，国内学界近年来呼唤学术诚信、反对包括抄袭在内种种浮夸不实之风的呼声日益炽盛，某些知名学者的抄袭行为也被公之于众，受到社会舆论的谴责。这不啻是对所有取巧沽誉者的一种震慑，是建立一个良好的学术环境的第一步。

然而，一个公正的学术体制的建立仅仅靠诉诸舆论是远远不够的。因为学术毕竟是一个非常专门化的领域，门类之中又再分门类，现在加上了网络取材和电脑剪接的便利，使有意抄袭者如虎添翼，而围追堵截者纵有三头六臂，恐也防不胜防。果然，今年初我们被告知，我们的堵截网被捅了一个大窟窿。来信揭发说，本刊 1998 年第 4 期刊发的《德里达的解构主义理论：外界的误解与自身的不足》一文，是对本刊 1996 年第 1 期刊发的《走向文化批评的解构主义》一文的抄袭。抄袭者从后一篇文章中截取了十多段（将近 2300 字），打散了原文的文气，使之成为功能独立的散件，然后像攒配电脑一样，把这些零散的元件用连线接上，安插到自己另行命名文章的躯壳里。把偷你的东西再卖还与你，这的确使我们蒙羞。我们在对作者和广大的读者深感歉意的同时，当然也要同这位抄袭者稍作理论，可几次三番联系不上，后来才得知此人早已去了国外。此事虽然发生在数年以前，但给我们的教训却仍有当下的意义，它告诫我们务须不断地提高自己的业务素质，阅稿时要认真再认真，尽最大的努力不使类似的事件发生。

近年来曝光的抄袭现象有一个重要的特点，即仗着大多数读者看不懂洋文或看不到原著，于是就从洋人那里抄来以哄国人。这一点恐怕也为我们从事外国文学研究的同事们敲响了警钟：我们的研究对象是国外的，我们的参考资料和文献中有相当一部分是外文的，在我们的研究中，对所引用的观点说明来龙去脉、对借鉴和参考的外文资料注明出处，这本是我们涉外研究学者起码应该懂得的常识。然而这一点过去却没有引起我们足够的重视。其实。曝光的抄袭事件都只是一些极端的案例，而似借非借、糊里糊涂的隐而不宣的情况则相当普遍。这种情况长期以来让许多学人不满、却又感到无奈——而故意抄袭者则希望这一盆水永远别清。看来，严肃地指出这一问题并杜绝这种隐性抄袭的时候到了！今天我们明确地提出这一点，为的是乘整个学界严格学术规范的东风，进一步加强我们这个学科领域的学术自律，使我们的外国文学研究更能凸显出我们中国的学术特色。诚信正派做人，坚韧刻苦做学问，本刊愿与全体学人共勉。

2002年第3期

中国社会科学院第二届优秀期刊评奖结果揭晓（公示文本见本期动态栏），

本刊榜上有名。这次能在全院所有学科刊物的横向评比中跻身优秀，当然令我们格外欣慰。这一荣誉的获得，是我编辑部努力贯彻落实院党组关于办好学术期刊的一系列指示的结果，但同时我们也由衷地感到，这也是与全国从事外国文学研究和教学的学者、教师对我们的关心和支持，与全体读者对我们的热情鼓励是分不开的。我们编辑部全体同仁决心以这次获奖为动力，再接再厉，在开门办刊、争取一流稿件、开展积极的学术争鸣、强化学术规范、争做一流编辑等方面更上一层楼，把《外国文学评论》办得好上加好。

一篇好的学术文章，最重要的特质之一即是看它是否与前人备述的观点切磋交锋。我们作为办刊者来说，当然很希望在自己的刊物上看到积极的学术争鸣。但是，俗话说得好，"千军易得，一将难求"，具有真知灼见、能引起我们对既定认识重新定位、重新思考的论文，真可谓是寥若晨星、少而又少。而正是出于这样一种盼望佳作的拳拳之忱，我们在这一期刊发江弱水的《重估穆旦》一文时，确实怀着一种特别的兴奋：我们殷切地希望能多多看到这样的好文章。众所周知，穆旦是中国现代文学史上的一位大师级人物，是改革开放后新文学史在拨乱反正过程中首当其冲的人物，也是众多的评论名家基本上做了定评的人物。而正是对这样一位"大"人物，江文进行了有理有据的剥析，提出了一点自己不同的看法。文章本身的功力，相信读者读后会有公论。而我们在这里需要指出的是，这篇文章正好出现在本期的另一位作者肖锦龙所说的"比较文学的危机"时刻，眼下人们对比较文学的说法确实不少，中外比较，若取两者之长，中学西学皆可从中受益，若取两者之短，必将为中西学双方所弃。而今日之比较文学，后一种状况似多于前者。在这种情况下，江文或许能为比较文学如何重新找到自己的一个着力点提供一点启发和示范。

肖文提出的"比较文学危机"问题，严格说来，只是对西方学者近年来所提出问题的一个转述。这个问题对于我们的学界有无实际意义，肖文没有做正面、具体的论述。但作者"言彼及此"的意思是很明显的，我们刊发此文，当然也是看中了它间接所指的意义。但我们在这里要说的是，我们搞外国文学研究的恰恰在这个节骨眼上存在着一个带点普遍性的弱点，即我们比较习惯于把人家的问题当作自己的问题，把人家提出的论点咀嚼一遍就当作是完成了对自己状况的分析。这个问题在我们对西方文论的研究中更为突出。例如关于现代性的探讨是目前国内一部分从事当代思潮研究学者的热门话题。但不客气地说，这个

"现代性"问题，基本上是西方学界对自身资本主义体制和意识形态进行反思的过程中引发和派生出来的，要从学理上把人家那一套准确到位地理出一个头绪，当然也不是一件容易的事，本期刊登的周宪的关于"审美现代性的三个矛盾命题"的分析，就属于在这方面已做得相当不错的文章。但这样的文章读后，却又不免让人萌生出一些新的疑问：我们今天如若也面临一个"现代性"的问题，这个"现代性"就是人家讨论过的那个"现代性"的重复吗？我们在实现现代化的过程中，是否也遭遇了一个相对独立的审美现代性问题呢？而西方文论家所发现的审美现代性中的这些矛盾和力，也同样是我们今天所必须面对和解决的理论问题吗？我们的理论研究若能对这样一些相关性作出必要的解说，该有多好。这，不应算是一个过分的苛求吧。

2002年第4期

岁末将至，又到了去邮局订阅或续订本刊的时候。在此，我们谨向多年来一直关注本刊的广大读者和来稿作者表示最诚挚的谢意，希望在新的一年中继续得到大家一如既往的热情支持。

前不久有读者给编辑部来信，对本刊的学术品位给予赞扬，并称本刊多年来一直坚持求真务实的学术价值取向，形成了某种堪称为"学派"的特色。本刊所刊载的论文是否形成了什么"学派"（果能如此，当然也不是一件坏事），我们确实没有认真想过，而多发一些言之有物的好论文才是我们的主要考虑。这是实话。所谓"言之有物"，即我们一贯所强调的要说出一点有学术针对性的新东西，这就是要在"研究"的基础之上提出某种新的观点，提供一些新发现的有认识价值的文献材料。

例子随手即可拈来。本期刊发罗钢的《资本逻辑与历史差异——关于后殖民主义与马克思主义的一些思考》，就是一篇对后殖民文化研究所引出的新问题加以审视的论文。一些后殖民的理论家在对欧洲中心主义进行批判的同时，对马克思主义的一些基本观点——如他们所谓的"生产方式叙事"和"社会阶段过渡叙事"的观点——也加以质疑和批判。这些观点在西方马克思主义学界其实早已引起激烈的争议，然而却没有引起我们理论界足够的重视。罗文对这一争议进行了梳理，他把这些问题引入我们的理论视野以及他对这些问题所作的思考，显然是对一个时期来我们所关注的后殖民批评问题的一个推进。俄罗斯文学研究在前苏联解体后进入了一个全方位的反思阶段，曾被残酷禁声的"白银时代"作家成为关注焦点也是很自然的事情。但在这一反思过程中，如何避免意识形态取向的非此即彼，如何对历史人物给予实事求是、公允中肯的评价，汪介之对高尔基和别雷之间交往和沟通的评述，也许能给我们不少积极有益的启迪。

而本期所发表的几位年青学者的论文，则更值得我们作一点特别的推荐：戴从容对乔伊斯小说形式的研究，章燕对济慈诗歌中人文主义因素的发掘，苏欲晓对贯通于奥康纳小说中"惊骇视象"的解读，王予霞对桑塔格小说《火山情人》对英法历史重构的阐说等，应该说都是一篇顶一篇，在学术上相当扎实的论文。戴从容一文是她博士论文的提粹，论文对乔伊斯小说形式的关注，这一话题本身即属于涉足者较少的领域；王予霞本人是所论小说的中文译者，所以她对小说文本的熟悉使她在阐说时显得格外游刃有余；章燕的论文是她在赴英国进修一年的基础上写成的。这篇论文与本期刊发的刘新民研究济慈的论文一样，都关注起济慈诗歌联系社会政治的一面；而苏欲晓在细读奥康纳全集的基础上，又参阅了数位外国学者对该作家的论述，因此该文对奥康纳小说的理解明显要高出迄今我们所看到的同类文章。

我们之所以对这些论文作特别的推荐，除了因为它们的确在"研究"上下了不同一般的功夫以外，还有一点想借题发挥的意思。不少来稿者给编辑部写信，要求编辑部对未能刊用的稿件提出修改意见，由于我们人手有限，不可能一一作复。在此我们想对这些来稿者讲一句，稿件之所以未被刊用，在很多情况下还有个论文的学术定位问题。这类文章往往是从选题到论说方式都不太注意自己是在与训练有素的专业同行进行交流，所出的毛病就是通常所说的学术起点过低，结果原本可能是很有价值的论点被埋没在人所共知的一般性介绍之中。这些作者或可对上述论文作一点揣摩和研究，一旦找到一个恰当的定位，论文的质量顿时会让人刮目相看。这一建议，仅供参考。

2003年第1期

新年伊始，万象更新，这本来只是一种表达祈望的老话。但就我们刊物这块学术园地而言，从这开年的第一期上，却着实让我们看到了今年定将佳作盈门的喜兆。本期刊发的论文中，有几篇甚至可以说是反映了我们的综合研究实力提升到一个新水平的力作。

譬如在理论研究方面，我们过去曾多次指出，目前的文学理论研究已呈现出一种颓势，但这并不是指理论文章的数量。其实数量也不算少，但大而空的议论过多，动辄就是某个理论体系百年走向的滔滔宏论。这些文章的作者已很习惯于从概念到概念的层面穿行，然而文章论题的所指，却永远让人有一种隔雾看花的朦胧感。它们所论的议题听上去似乎也非常重要，但议来议去，总在那个层面上不见问题的深入和推进。学术么，多少是应该有点鸡蛋里面挑骨头的味道的。诗人华莱士·史蒂文斯曾这样问道：朦胧相似的极限/感受了却没能认识，多少次/选择才会有最终的选择，/但谁又能将它道出？我们所期望看到的，则正是来几个这样的"道出"者。

本期发表的黄晞耘讨论罗兰·巴特后期思想中关于"倒错"这一重要概念的论文，对迄今为止国内关于罗兰·巴特思想研究即作了某种程度的推进和深入。作者十分巧妙地把"倒错"这个本来是同性取向和生殖有关的概念，与超越商业社会原则的写作，与巴特所谓的"愉悦文本"与"迷醉文本"这样一些文论理念揉织在一起，对巴特后期的文化价值观重新进行了一番梳理和评价，从而加深了我们对巴特思想的了解和认识。而另一篇张箭飞的论文似亦有异曲同工之妙。她别具只眼地从一个结构性意象———"花园"———切入，对英国浪漫主义作了一番新的读解。"花园"不仅寄托了浪漫主义诗人们各不相同的社会理想，它同时也体现了一种文学思维方式和理念的传承。

对所谓新历史主义理论和批评实践有兴趣的读者，或可认真阅读一下吕大年的这篇《理查逊和帕梅拉的隐私》。理查逊是英国十八世纪小说家，而帕梅拉是他笔下的一个小说人物。虚构的小说人物能够在多大程度上被看成是真实的作家本人的"人格形象"（image of personal being），其实是一个非常有趣、又非常难以把握的问题。它之所以难以把握，主要因为涉及好几个层面：除了作者、作品人物外，还有真实社会历史的层面。这三者如何才能做到天衣无缝般的榫合和切实有据的互动，从而建构起比较令人信服的"历史原貌"，这就真得取决于论文作者才、学、识的功力了。而在编者看来，这里最关键的一条还是对历史文本的熟稔和把握。读过吕文的读者，肯定会对文中所涉猎的第一手社会史材料的数量之大有所感触：我们至少会认识到，新历史主义取向的文学批评和历史建构，其实靠的并不是理论灵感，而主要是要有坐得冷板凳的苦读之功。

本期中刘意青关于《圣经》的阐释学，易晓明关于《喧哗与骚动》的历史感的建构，以及马凌就艾柯《玫瑰之名》深层主题的讨论等论文，都涉及"阐释与建构"这一很重要的理论问题。而尤其是马凌文中所提到的艾柯关于"诠释"、"过度诠释"之论说，其实是一个非常重要、然而却没有受到我们文学理论界重视的论题。艾柯认为："作者的意图"是很难找到的，且往往与文本的诠释不相干；而读者的意图则往往又会将文本削足适履地纳入自己的需要，因此也不足为训。他认为，在这两者之间，还存在着一种可能性：这就是"文本的意图"，它是维持文本不偏向于"过度诠释"的准绳。刘意青文中提到，要清理"解构主义等后现代文论造成的认知无政府状态"，艾柯的立论是不是一个入口呢？

2003年第2期

一个时期以来，本刊陆续收到不少来信和电话，反映一些学校作出了硬性的规定，凡博士研究生必须在国内核心期刊上发表两篇以上的论文，才有资格提交学位论文和进行答辩，而副教授必须在核心期刊上发表一定数量的论文才有资格申报正教授职称，有的单位甚至还规定，凡在某某权威刊物上发表论文者，即可获得相当可观的奖金等等。据说我刊即被某些单位指定为此类有点石成金之力的刊物之一。听到这种情况，我们实在不知应该是喜还是忧。重视学术，奖掖先进，按说是件大好事；可学术一旦成了可以称斤称两、并有等第之分的物件，似乎又让人觉得有点变味。如若真要这么实行，即便我们刊物一年四期专发博士生的登科论文，那充其量又能解决几个人的燃眉之急呢？何况人文社会科学与理工科那种以科研项目为中心的研究生培养路径不同，文科出成果，讲究的是厚积薄发和融会贯通，具体到外国文学的研究上，更需要通过大量的阅读，才能使自己培养起更高一筹的眼力、品位和情趣，这才是保证日后能做好外国文学研究和评论的一种童子功。而过早地把学习目的锁定在发文章上，且不说这样做出的文章本身又有多大的含金量，一旦错过了在校期这个可以大量阅读、吸纳知识的最佳时机，以后是一定要后悔的。

但话又说回来，我们并不是绝对地反对在研究生读书期间发表自己的心得和研究成果。我们只是反对本末倒置地把发表成果当做学习的目的，反对把学术降格为某种实利主义的敲门砖。如果的确是在广泛阅读的基础之上对某个专题进行了认真的思考和研究，如果确实发现这种思考和认识有发前人之所未发的价值，那又为什么不把它公之于众，与同行分享呢？其实这里的关键只有一个，即我们过去所一贯强调的，看你的思考和成果本身有没有新意。

正是本着这样的原则，我刊向来都是大力扶持新秀，推出了许多优秀的新人新作。而在这一期上，在读博士生的新作至少又有五篇之多。徐畅那篇对奥地利作家 R. 穆齐尔的研究，对国内的德语文学研究界或许有某种"拾遗补漏"的作用。穆齐尔是二十世纪上半叶的一位堪与乔伊斯、普鲁斯特或卡夫卡相比肩的"作家的作家"，然而他过去却基本上没有进入我们的研究视野。米兰·昆德拉在《小说的艺术》中曾这样评说穆齐尔和他的《没有个性的人》："小说家有三个基本的可能：讲述一个故事（菲尔丁）；描写一个故事（福楼拜）；思考一个故事（穆齐尔）。"思考也能成为故事？是的，正是穆齐尔为我们展示了这样的一种可能。在他的笔下，思想作为一种过程，始终是处在不停的变化之中，而他的《没有个性的人》，成功地把变动不居的思想过程呈现了出来。陈兵的吉卜林研究也是一篇不太好做的文章，因为吉卜林太容易被纳入某个既定的认识框架、被贴上某个现成的标签了。而一旦被烙上"帝国主义"、"殖民主义"代言人的火漆印，那可是永远别想有翻身出头之日的。陈文的别具只眼之处在于能洞察吉卜林思想的复杂性，既看到他在那个帝国主义思潮崛起的年代跳到前台推波助澜的一面，同时又能对他的言行做深入一步的分析，难能可贵地从中剥解出了某些可以为任何一个社会所认同的、积极向上的价值观。理论栏刊发的凌海衡对阿多诺文化工业批判思想的思考，也可以说是一篇理论思辨清晰、表述又比较准确到位的佳作。文章不仅从正面阐述了阿多诺如何揭示资本主义文化意识形态对大众的心理控制，如何用一种"伪个性主义"给人以某种虚假的满足感，而且还能更进一层，剖析了阿多诺本人的思想矛盾。限于篇幅，我们不能对所有的文章进行圈点。但愿所刊发的这些论文除提供自身包含的学术内容外，还能在研究的方向和方法上为同好者提供某种启发。

2003年第3期

我们在上一期的编后记中，对某些单位在狠抓科研成果时或可造成学术变味的一些偏差提请关注，但那只是问题的一个方面。其实更需要引起重视的，恐怕还在造成这一现象的另一端，即我们刊物的一方。据我们了解，相当一个时期以来，不少学术期刊实行了所谓收取版面费、审读费的自行规定。它们这么做，当然也有一些迫不得已的缘由。人文社会科学一般都不产生立竿见影的经济效益，加上学术刊物的读者面窄，因而除了国家有限的拨款外，基本上得不到社会和企业的赞助。可是，真正意义上的学术——尤其是人文学科，是非功利性的，而学术与金钱的联姻，则无异于饮鸩止渴。也许有人会说我们是饱汉不知饿汉饥，相对而言，我们的确比较幸运，毕竟是一份由国家全额拨款而经办的学术刊物，因此多少还有点底气做出不收此类费用的承诺。但是要知道，我们办刊所需用的款项，也是从我们外文所每年十分紧张的科研经费中划拨的。不少好心人也曾给我们出过这样那样开源节流的主意。但是，我们编辑部同仁始终有一种固守学术净土的自持。所以，在前几年本刊决定扩版时的"告读者"中，我们又一次明确公示："众所周知，现在办纯学术性的刊物，经济上是要承受很大压力的，但为了保证刊发论文的学术质量，本刊至今仍坚持谢绝任何形式的有偿交换版面的做法。而考虑到来稿者撰写学术论文的艰辛，我们甚至还适当提高了稿酬，达到了现在的每千字 40 元（对海外学者则实行海外学术刊物的惯例：只寄赠刊，不奉稿酬）。"然而，公示归公示，这些年我们仍不断收到愿意支付版面费的来函，我们也时不时地听说某某刊物由于采取了如此这般的办法而改善了自己的经济状况，这些事实说明，这种变相的有偿刊发论文的做法其实已成为目前学术期刊业中一个公开的秘密，在某些地方甚至还有愈演愈烈之势。果然，中央人民广播电台 2003 年 6 月 2 日的《新闻纵横》对这一现象作了披露和分析。该报道的标题是"当学术遭遇金钱的门槛"，言下之意是为囊中羞涩的真才实学者叫屈，然而，在我们学术期刊办刊当事人看来，令人更堪担忧的则是它带来的"劣币驱逐良币"的效应，因为此法一旦普及，一些手持银票的学术垃圾即可长驱直入，混迹于神圣的学术殿堂。中央台对我国学术刊物办刊现状的这一揭露应该说是一件好事。那位记者在发出有偿刊发论文现象导致学术论文质量下降的警告的同时，也对国外学术刊物的通行惯例做了一些介绍：由国家拨款，或寻求企业界热心社会文化事业的有识之士的赞助，建立一个基金会来支付办刊费用，不支付稿费，但作者也无须支付审稿费、版面费等等。该记者虽然借中国期刊学会某负责人之口，呼吁中国的企业界关注文化事业的人士慷慨解囊，但通篇却没有提及所谓国外的通行惯例中最为重要的一点：那就是国外企业对文化事业的赞助，主要并不是靠口头的提倡和号召来实现的，而是必须靠国家制定出一套行之有效的政策，例如对赞助社会文化事业的企业实行减免税，以形成一个引导公益赞助资金投向的良性的社会机制，这样才能切实鼓励和保证社会资金的一部分源源不断地注入到有利于社会主义精神文明建设、有利于人文社会学科的学术发展的领域中去。

2003年第4期

在日前召开的院期刊工作会议上，本刊编辑部应邀作了"以学术为本，争创一流期刊"的大会重点发言。发言既是对本刊以往工作的一个总结，也是对我们今后要继续坚持以学术为本这样一个努力目标的宣誓。"以学术为本"，说来应是任何一份学术刊物的基本宗旨，然而在当下，我们强调"以学术为本"则有其特定的所指。一个时期以来，我们陆续听到不少从事外国文学研究的学人反映：一度炙手可热的文学理论现已普遍降温；而对于由这些发热理论支撑起来的一个个作家群体，如女性作家，美籍非洲裔作家、华裔作家、一些被划入后殖民视野的作家等，如若一味地强调他们的文化身份，好像也已很难再维持人们对他们的关注。在这种情况下，我们研究的目标正变得越来越散乱，不少著述甚至已开始给人以"炒冷饭"、"回锅汤"的感觉……

我们觉得，出现这样的情况其实也并不奇怪，从一定意义上说，甚至是必然的。因为学术性的关注是永远不会满足于已有的认识，它总要不断地迁移，不断深入。而且，真正的学术关注，也从来就不是那种一窝蜂扎堆形成的所谓"热点"，那是后工业时代新闻媒体给我们造成的一种误解。在学术问题上，定则只有两条：一条是笛卡尔的"我思即我在"；另一条是马克思的"只有那些在崎岖的山路上不畏艰险攀登的人，才有希望到达那光辉的顶点"。前者强调学术是一种主体性的思考；而后者说的是要有一种不畏险阻、持之以恒的钻研精神。基于这样的认识，学术上"冷"一点并不是坏事。而说不定正是在这种冷一点的气氛中，一些真正有学术分量的成果反倒能够涌现出来。

我们以前曾说过文论方面的研究出现了某种伫足不前的颓势，看来那只是一种表面现象。实际情况是：思考——卓有成果的思考——仍然在继续。本期发表的周颖博士探讨海德格尔对于保罗·德曼影响的论文和严泽胜博士探讨拉康精神分析学理论中关于自恋、侵略性和妄想狂自我等理念的论文，即是一个时期来为数不多、但具有相当学术含金量的好论文。它们有一个共同的特点，即主体意识明确，辨析层层深入，言之有理，持之有据。读这样的论文，你首先被吸引的是作者强烈的智性兴趣。在他们心中，实实在在地有了一个值得去求索答案的问题；而且还看得出，他们的这种叩问和求索是非常个人化的，读者从带着他们各自的思维特征、逻辑和指代关系都非常清楚的文字表述中即可感受到。顺便还可说一点，一篇论文的注释其实也很能反映论文的学术分量和水平。从注释不仅可以看出作者的阅读范围，而且从引文的契合性、注释的需要不需要、得体不得体等，都可以看出作者思考的方向和深度。

本期还有不少值得推荐和圈点的佳作，因篇幅所限，着重提出两篇：一篇是谷裕博士对德国冯塔纳小说的"疑难"思想结构的分析；另一篇是陈丽（在读博士生）从文化批评视角对亨利·詹姆斯《专使们》的解读。我们不是经常听到所谓古典作家研究很难与新的批评理论结合起来的埋怨吗？然而，这两篇论文则给我们提供了如何使"老树开新花"的启示。冯塔纳和詹姆斯基本上都属于十九世纪现实主义传统的作家，可是谷裕对冯塔纳小说中"疑难"结构的透视——显然是借用了"疑难"（aporia）这个后结构主义批评的重要理念。新的批评理念一旦引入，顿时使我们对这个传统现实主义作家来了一个刮目相看——从过去那种"非此即彼"的认识框架中脱出身来，接受了一个"冯塔纳着意对人性自然和普鲁士社会文化兼顾并重"这样一个新的观点；陈丽则借用我们已然耳熟能详的"文化批评"理念，来重新审视詹姆斯的《专使们》，视角转换后，马修·阿诺德提倡的那种批评的人文功能便成了贯穿这部小说的主旨，詹姆斯小说的思想性得到进一步的凸显。

看来还是那句老话，只要我们持之以恒地多读，多思，我们的学术一定能够提升到一个新的水平。

2004年第1期

英国著名马克思主义文学理论家泰瑞·伊格尔顿教授在他新近出版的《理论之后》一书中说："文化理论的黄金时代已成一个遥远的过去……跟随开路先

锋之后的一代人于是做起了后来人通常所能做的一些事——对原创性的思想做一点申发，做一点补充，对它们作一点批评，然后付诸实践。"话说得有点损，让人听了心里酸酸的，但也没办法，实际情况大体如此。不过我们也不要因为伊格尔顿口吐此言，就哀叹生不逢时。其实我们有我们自己的关怀，而出于我们自己的关怀来对一些理论问题展开讨论，则有了与己相关的特别意义；再说，大师们提出的那些具有原创性的问题，其实也有不少的确已成了我们无法绕过的理论块垒，还是用伊格尔顿的话说——经过那样一番理论的洗礼，我们恐怕再也不能回到那个所谓的"前理论的天真时代"了。所以，从这个意义上说，本期发表的申屠云峰《对〈解读叙事〉的另一种解读——兼与申丹教授商榷》一文，还是一篇颇有思辨深度的好论文。申丹教授主持翻译了一套新叙事理论丛书（J. H. 米勒的《解读叙事》是其中之一种），并撰文对米勒的批评理论和实践进行评述（参见本刊 2001 年第 2 期）。但申屠云峰在论文中提出，申丹对米勒"反叙事"理论的理解是一种囿于形而上学立场的"误读"，甚至认为申文以"宏观"与"微观"两种视角的互补来调和"解构主义"与"结构主义"两种叙事学的对立也不可行。本刊在此无意对双方论点的对错做出判断，我们所看中并希望提倡的，是争论双方表现出的"智性兴趣"（intellectual interest）和学术上的严谨（academic rigor）。

哈金现已是美国文坛上小有名气的留美华人作家，他的《等待》（*Waiting*）曾获 1999 年的美国全国图书小说奖和福克纳笔会小说奖，但该书出版后在我国文坛上却引起截然不同的反应，有持严肃批判态度的，亦有拍手叫好的，由于争论仅局限于《等待》一本书，结果不了了之，没有能继续下去。本期刊发的应雁的文章涵盖了哈金的全部创作，并联系目前西方华人文坛的整个生态环境来揭示哈金走红的社会原因，或多少能为国内从事华裔文学研究的同仁提供一点积极的启发。这里所谓的文坛"生态环境"，还不仅是指文学作品的创作背景，更是指文学受众的期待——作家的创作如果能最大限度地满足受众的期待，他/她就能获得最大的成功，这与商品要在市场上有一个最恰当的定位、找到最适合自己的一个卖点，恐怕是一样的道理。

本期还刊发了几位外国文学研究后起之秀的好论文。唐蓉对于博尔赫斯时空观的分析，立论新颖，论说严谨，表现出很好的思辨功底；李娟通过对吴尔夫《达洛卫夫人》的叙事语言的分析，把一个女性批评中常说的"雌雄同体"问题，说得相当清楚而可信，实属难能可贵；而戴从容把对乔伊斯的《芬尼根的守灵夜》的形式研究作为自己博士后研究课题，仅其知难而上的勇气就令人敬佩之至。她在论文中把《守灵夜》解读为"超越语言而争取自由"的努力——通过创造混成词、言不及义的饶舌、离题和杂糅等将语言规范破坏，从而使原本受语言约束的自由范畴得到膨胀和扩大。这一见解本身应该说还是站得住的，只是文中有关《守灵夜》文本本身的分析还略嫌不足。乔伊斯是语言大师，要想真正突破乔伊斯布下的字谜阵，没有英语词源学、语义学、修辞学、音韵学、构词法以及丰富的文学典故知识的武装，恐怕最终还是得不到"芝麻开门"的咒语的。

2004年第2期

在上一期编后记中，我们曾对申屠云峰与申丹教授商榷的文章作了重点推荐，认为是一篇"颇有思辨深度的好论文"。按照通行惯例，文章在刊出之前即已转呈给了被商榷者一方，邀请作出正式的回应。申教授在本期刊出的回应中坚持认为，米勒的《解读叙事》"尽管其总体理论框架是解构主义的，但在批评实践中却是解构主义与形式主义（结构主义）的混合体……"所以在她看来，将米勒所声称的理论立场与他实际所从事的文本分析两者分开不仅是可行的，而且是必须的。编者对此不仅不持异议，而且认为这一视角的双分，可看作"阐释的循环"的或可从"全体"、或可从"局部"切入的另一种表述，而申屠文认为将"宏观"和"微观"两个视角视为互补，是将不同范畴混淆的说法，则有点论据不足。申教授这一立论之可行，尤其切合米勒本人，又因为米勒教授在理论立场上的模棱两可性，向来已是西方文论界的一种共识。申教授自己从国际学术界所得到的对米勒的第一手评语，则更加证明了文本的解读必须从实际出发，而不能死扣理论教条。然而坦率地说，读完回应后，编者喜爱吹毛求疵的头脑却还是不感到满足。比方说，米勒本人的肯定，就能够为我们的思考划上一个休止符吗？其实米勒或其他任何人的赞辞，一旦离开当时特定的语境，也就变成了一种"阐释"，而且还是多种阐释可能性中的一种，因此被赞扬者的切身感受与旁观者从文字本身所发掘出的意义，就很可能存在着不小的落差。再者，"回应"以追问《解读叙事》的"本质"为题，编者不知作为解构主义者的米勒见了以后会如何作想。因为在编者看来，米勒太善变了。早些年他热衷于具体文本的解读时，你听到的是他对语言的"中空性"的强调——编者就不止一次听他说过"语言除其自身以外什么也不能允诺"（"The language can promise nothing except itself."）一类的"解构"谶语，而这些年他时不时仍会谈及"解构"的宗旨，但你却发现，他越来越强调的是阐释的"政治性"。其实，"中空性"也好，"政治性"也罢，对于米勒来说恐怕最不能谈的就是"本质"。因为对于一切解构主义者来说，所有对文本的"理解"都只是一种语言的阐释，所有的"意义"都只是一种语言的"建构"，而这一过程本身就是"反本质主义"（anti-essentialism），或者说是以"反本质"为认识前提的，哪里还谈得上什么"本质"。从这个意义上说，回应者要求对方"睁开双眼看文本的每一部分究竟说了什么"，恐怕解决不了任何的问题。因为"白纸黑字"只能是白纸黑字，阐释毕竟是我们自己的事。

本刊一向提倡不同学术观点的争鸣，我们也陆续刊发了一些争鸣性的文章。最近收到一些来信（有的还附上了在其他刊物上发表的文章），质问寄来的争鸣文章为什么没有受到重视和刊用。其实我们对任何一篇来稿都是认真审阅的，对争鸣性的来稿的处理则更加慎重。但来稿是否刊发，则并不在"争鸣"与否，最主要的还是看文章本身的学术水平和价值。这一点恐怕是任何办刊者都会坚持、而所有的作者和读者都会理解的。

2004年第3期

苏轼有言，"腹有诗书气自华"。套用眼下的时尚话语，叫做"读书有美容之功效"。此话听来颇令人莞尔，但移用到文章上，则是断然无错的。本期发表的刘波和秦海鹰二位法国文学博士的论文，俨然此类饱含书卷之气的"华章"。

刘波的《〈应和〉与"应和论"——论波德莱尔美学思想的基础》是他在本刊发表的第三篇论文。从2002年第3期刊发的《普鲁斯特论波德莱尔》，到2003年第2期刊发的《巴黎图画》，再到本期刊发的这一篇，看得出，他在波德莱尔研究这一课题上的确在一步一个脚印地行进着。波德莱尔是上承浪漫主义、下启现代主义的大诗人。《应和》本是波德莱尔《恶之花》中的一首十四行诗，但刘博士将"应和"的理念上升为波氏整个美学思想的基础，并做了令人信服的论证。而尤其值得称道的是论文对所谓"横向应和"与"纵向应和"的进一步开拓，以及对"应和论"的"伦理意义"的强调。前者对"应和"所作的深入剥析，直逼诗歌之所以能感动人心、能化腐朽为神奇的真谛，而后者则阐发了波德莱尔的精神道德上的追求，这对以往一味将其划入唯美、颓废之流的偏见，不啻是一个有力的反拨。

早在 1995 年，秦海鹰就在本刊发表过一篇探讨马拉美诗学理念的论文，在那篇文章中，她的敏锐而明晰的思辨和深入浅出的表达就给我们留下了深刻的印象。近年来，她孜孜矻矻从事着国家社科基金课题"互文性"的研究，本期刊发的《互文性理论的缘起与流变》，是她这一研究的阶段性成果之一。论文把克里斯特瓦最初如何生造出这个批评术语，法国的一些批评大师又如何将它阐发，以及它如何从一个以反对传统的理性主体为指归的文论概念衍变成一套可操作的文学批评话语的复杂过程，梳理分析得清清楚楚。论文还有一点非提不可，即论者对当代西方文论各时段所关注问题的"问题性"（problematic）的准确把握，而获得这样一种感觉之前需要有多少的积累，我们从该论文所涉猎第一手材料之丰富，或可略见一斑。

布莱希特戏剧研究在德语文学界本是一个老课题，他的《四川好人》究竟在多大程度上受到中国文化传统的影响，也算是一个有不少人都已涉猎过的老话题，然而，我们欣喜地看到，退而不休、笔耕不歇的张黎先生，硬是让这株经年老树开出了灿烂的新花。他的论文围绕布莱希特以及《四川好人》与中国传统文化和文学典籍之间的"互文"关系的考证，材料之翔实，义理之缜密，令人拍案叫绝，充分展示了老一辈学者学贯中西的深厚功力。

学术园地的收获和自然年景一样，大概也有所谓的"大年"和"小年"之分。相比之下，这一期中英美文学这一块的收成似不如法、德文学那么显赫骄人。不过公允地说，何伟文对默多克小说《逃离巫师》中权力和权力人物主题的剖析，昂智慧对德曼在解读卢梭《忏悔录》时所提出的关于"语言"、"意图"与"真实"三者关系的追问，其实也都是具有相当思考深度的好文章。只是限于篇幅，这里就不再逐一作详细的评点了。

2004年第4期

千呼万唤，人文社会学科界终于有了一个正式可以作为依据的章法。上月中旬，国家教育部颁布了《高等学校哲学社会科学研究学术规范（试行）》，共七款二十五条，有总则，有附则，其中又细分为基本规范和学术引文、成果、评价及批评等方面的规范，该说的都说到了。由于是部颁规章，此《规范》显然具了有某种权威性。细读《规范》，所列条例的内容，大体上又可分为两类：一类是对学人的基本道德要求，即作为从事这一行当的都应具有的起码的学术道德品质；另一类则是在学术活动中必须遵守的一些具体的技术性规矩，如学术引文的规范，不得抄袭剽窃等等。因此，《规范》的制定，既属于我们学风建设的长远需要，又有整饬当下频频出现的各种失范现象的针对性和及时性。为此，《规范》一公布，便立刻得到学界上下的一致肯定，被誉为中国的首部"学术宪章"。

称之为"学术宪章"固无不可，但编者以为，最好还是把这些条款看成是一个学者必须具有的治学为文之道。这方面的古训多不胜数，但相当一个时期以来，学界却缺少认真的、持之以恒的言传身教，过去一代代老先生所形成的优良传统，眼看着渐渐被淡忘。而在这种情况下，当各种利益诱惑袭来时，所引发出的各种问题，甚至相当严重的问题，自然也就不奇怪了。现在有了《规范》，它理应成为我们学人学术道德方面自律的准则。然而要做到人人"自律"，其实仍不可缺少外在的呼吁、示范和督促等，以营造起一个"自律"的氛围。譬如说，我们作为刊登学术成果的园地，在倡导良好的学术规范方面便具有不可推诿的责任。为此，编者在对《规范》作一般的响应的同时，还想对其中的一些与本专业特别有关的条文，再作一点有针对性的强调，敬请本刊的投稿作者加以注意。

《规范》的第七条强调了"引文应以原始文献和第一手资料为原则"。对于我们从事外国文学研究的学人来说，则应该注意尽可能地引用"原文版"的"原始文献和第一手资料"作为论文的依据，尤其是针对国外学者的讨论，仅根据译文是不够的。过去，我们对此未予以强调，这其实会使论文的学术可靠性和质量大打折扣，会直接影响到与国外学界的交流。这一条中还增加了对电子版信息来源的注释要求，这也是我们过去没有作明确规定的。另外，我们过去常常发现一些将转引的文献资料径直作为第一手资料注出、或"多引少注"、或"转述不注"的现象，今后凡转引资料也应实事求是地加以注明；而这里尤其需要提请注意的是，将大段的译述或引述内容作为自己的表述、仅在个别引语上作注的做法，其实与抄袭、剽窃是没有什么两样的。

《规范》的第十一条说的是选题问题，它直接关系到课题本身学术价值的高低。我们曾在 2002 年第 1 期的《编后记》里就说过："学术研究和论文，选题是关键。我们在设计选题时，务必对自己研究领域的历史和现状多做一点调查，选题应从调查研究中来，而不能依靠'眉头一皱，计上心来'。许多稿件未能刊发，其实并不是因为文章本身写得不好，而是没有新意——没有新的理论观点，新的材料，新的认识和看法，讲了半天仍是些陈言老话……"现在，这些意思成了"规范"，我们今后就更要自觉地坚持了。

《规范》第 13 条将学术文章不应重复发表作为一条规定，很有必要。今后，烦请来稿作者做一预先声明，以避免造成一稿两投的尴尬。

2005年第1期

回顾 2004 年的学术气象，坦率地说，是一种喜忧参半的心情。喜的是还算有一个相当不错的收成，这一年本刊发表的 66 篇学术论文，在总体质量上，应该说比过去任何一年都有明显的提高，而且，丰收的成果还惠及本期。在这一次所刊登的 17 篇文章中，浙江大学一校就包揽了三篇（当然不是同一个系，同一个语种），更是可喜可贺。许志强对果戈理的读解别具一格，与我们刚发过的周启超的见解正好相左。周文称果戈理将《死魂灵》当作"长诗"创作，许文则认为"史诗已钻入死胡同"，相比之下，后者的论证似更有意思；殷企平对《玛丽·巴顿》所反映的资本主义工业化进程中的"异化"一一道出，有根有据，令人信服；而周何法四易其稿而成的对卡夫卡"自虐倾向"的分析，几乎做到了无一句无出处的程度，实属不易。北京大学谷裕所关注的拉伯晚年作品《鸟鸣谷档案》，一向论者寥寥，谷文独辟蹊径，从"德意志市民性"切入，披览阐说之余，也是对去年第 2 期黄燎宇讨论《布登勃洛克一家》的"市民阶级"作出的呼应。山东大学（威海）胡志明对昆德拉和卡夫卡小说美学的比较，颇有见地，不啻是对迄今为止昆德拉研究的推进，而人民大学王以培对兰波的读解，妙在熔诗人的感悟与学者的考证于一炉，文如其人，入情入理。另外还值得一提的是，武汉大学谢芳论《高加索灰阑记》中歌曲的作用和湖南师大邓颖玲论《诺斯托罗莫》的空间结构二文，也都是一改再改才最后定稿。二位作者在学术上的一丝不苟，令人赞叹。

但是，我们也不得不承认，就编辑部所收到的全部来稿而言，高质量文章的所占比例仍不够理想，我们过去反复指出的诸如"跟风"的现象、选题"扎堆"的现象、不遵守学术规范的现象等，仍还是相当普遍。造成这种状况的原因当然很多，而其中最重要的一个，在这里须着重指出的，则是学术所受到的非学术因素的干扰。

在学术刊物（尤其是核心刊物、重点核心刊物）上发表文章，与各种各样的考评鉴定、重点学科的达标、科研项目的申报，乃至一个人的职称晋升、一个单位能否跻身某某工程等挂钩，已有年矣！久而久之造成的结果，便成了发表什么并不重要，而是否"发表"则成为最终的目的。公允地说，一个学校或科研单位的领导，为了组织科研队伍和学科建设，采取某些必要的措施，也是理所当然的。可是，在当下市场经济日益深化的形势下，很多人一说要采取措施，就立刻会想到与经济效益挂钩，诉诸市场上的这只看不见的手，好像就成了惟一可行的法宝。在他们看来，似乎只要出高价，就一定能买来高质量的学术成果；而这种思想现在也影响到了一部分学人，只要能捏合出一个投上所好的项目，那就能争取到一笔可观的资助。而这样一来，本来应该是以创新和探索为目的的非功利性的学术，就变成了可以称斤称两、叫卖于市的商品。且上有好者，下必有甚焉！所以这些年来，我们眼看着这种被"物化"和"异化"了的学术在一个非学术的怪圈中越陷越深。我们在上一期也曾谈到遵守学术规范，营造良好的学术氛围的问题，其实学界在讨论这一问题时，很多学者都已尖锐地指出，一味的量化管理对人文和基础理论学科的研究危害极大，这种以数量代替质量的管理方式，必然会催生学术泡沫，造成学术生态的恶性破坏。

要说有什么解套的办法，那还得应了那句老话："解铃还须系铃人。"请订立这样那样规定的管理者稍稍变换一下思维方式——把学术的还给学术，把市场的还给市场。而这样做，说得更正式一点，则完全符合今天全面贯彻落实科学发展观的要求。

2005年第2期

本期所发表的二十来篇论文全都是对具体作家或作品的个案研究。尽管有些论文因受到资料来源等条件方面的限制，可能在研究的深度上仍还有进一步开拓的余地，但这么多个案研究的同时出现，则着实是我们外国文学研究领域中一个非常令人高兴的好势头。现在不是不少人都爱谈什么"转向"吗，或许这倒应该算是一种值得提倡的"转向"——从满足于第二手的空泛议论向扎扎实实的第一手研究的转向。

在中国学界，第二手研究一向大行其道。这种研究论题比较宏观，强调一种高屋建瓴的气势，动辄要涉及某些方向性的问题，时不时还要建立这样那样的学派，最后的成果往往是通过集体会战而耸立起的一座座"学术形象工程"。笔者在此决无否定宏观课题的意思，有些重头项目还是名副其实，堪称是丰碑式的经典的。但这样的经典恐怕非得经过长期的积累，而不是临时搭建一个班子就能拼凑起来的。近年来，国家对哲学社会科学越来越重视，资助的力度也越来越大。这当然是件大好事。然而，许多有识之士也反映，重赏可招募勇夫，却未必能打造一流的学者。相反，由于利益驱动，人为设计大型学术工程之风倒是越刮越烈。据笔者所察，参与此类大型工程项目者，未必都有让同行感佩的第一手研究成果。有些搞文学史研究的，对所涉及的重要作品都不曾看过，仅凭着各家各说的二手分析，就搞起了分析的分析，还照猫画虎地归纳出左一个派别，右一种倾向……；他们满以为这样就把握住了文学发展的全局。殊不知，这类观赏性很强的大部头，其学术含量极其有限。最近有文章披露说，中国出的各种各样文学史竟有 1600 部之多，我们并不想否认这些大部头著作中的真知灼见，但问题是如果其中的新见只需一两篇论文就可涵盖，那又何必让我们像马三立的相声中所描述的那样，为得到"挠挠"二字的秘方而兴师动众地去打开那一层又一层的纸包装！

理论研究领域中的干贴标签现象是另一种学术泡沫。有些人其实对理论并无多少智性的兴趣，只是满足于对此消彼涨的学术潮流的命名。譬如，一个时期以来，不知从什么地方传来这样一种说法，说是中国乃至整个世界的文学研究都面临一种深刻的转型，所谓传统的文学批评正被文化研究和文化批评所取代。言下之意，文学又已是死而待僵。但是，话虽这么说，像样的批评范例却寥寥无几。而更不清楚的是，那世界范围内是否果真发生了所谓新旧桃符的更迭。笔者生怕落伍，便忙不迭地查阅了国内外的一些资料，却发现同样此番话，不仅可以有完全不同的言说倾向，而且各人所谓传统文学批评和新兴文化批评的所指也大相径庭。西方学界确有人在为"文学的失落"而感慨；但也有人在对他们那里以政治正确为指归的文化批评大加挞伐；在我们这里颇受青睐的伊格尔顿，则对方兴未艾的文化研究还有这样一番调侃："结构主义、马克思主义、后结构主义等等，已然不再是性感的话题。当下性感的话题就是性。在广阔的学术层面上，对法国哲学的兴趣已让位于对法式接吻的迷恋。在某些文化圈内，自慰的政治性远远超过了中东问题的政治性……在文化研究学者中，身体成了极其时髦的话题，不过它通常是充满淫欲的身体，而不是食不果腹的身体；让人有强烈兴趣的是交媾的身体，而不是劳作的身体。言语温软的中产阶级学生在图书馆里扎堆用功，研究着诸如吸血鬼、剜眼、人形机器人和色情电影这样一些耸人听闻的题目。"照此看来，我们真有必要跟着去宣告转型的到来，而宣告又能对自己的学术有多大的推动呢？学术其实是老老实实的事情，因此沉下心来做好第一手的研究吧，这才是最有价值的追求。

2005年第3期

本期刊发的文章中，有几篇特别声明了是对所研究作家作品的重新解读或阐释，例如于冬云对海明威的《太阳照样升起》的重读，申丹对曼斯菲尔德《启示》的重新阐释。这样的声明俨然是一种姿态，一种挑战陈说的姿态。难道不是这样吗？熟悉海明威的读者都知道，《太阳照样升起》是一部早有定评的小说。翻开《哥伦比亚美国文学史》涉及这部小说的评价大概有四处，基本上认为这部小说所关注的是战争、暴力对人的蹂躏和摧残，认为巴恩斯在巴黎和在西班牙大相径庭的表现，体现了一种现实主义和浪漫主义的冲突。若再进一步，至多也就是谈到了海明威为应对现代派写作的压力而在小说叙述方面所做的某些实验等。至于曼斯菲尔德，诚如作者所说，以往的批评基本上都是从心理刻画的层面去分析女主人公的性格特征，基本上都不会对曼斯菲尔德的意识形态取向给予关注。基于这样的定评，本期所发的这些论文，前者居然从海明威的作品中看到了菲茨杰拉德最擅长表达的主题，分析了小说中所表现出的那个经济和价值观转型时代里各色人等的心态，而后者则论证了曼斯菲尔德受易卜生的影响、为女性的身心解放鼓与呼的倾向，这当然就给人以耳目一新的感觉了。

重读经典虽说是一个大有文章可做的领域，但要做得好，真的读出新意，尤其是要使读出的新意对我们自己的精神文明建设有所裨益，那又谈何容易。经年的西方文论热形成了一种流行看法，似乎只要依傍了某种理论，把作品纳入某种新理论的框架，用上一串专门化的理论概念和术语，作品立马就能像刷了一层新釉那样熠熠生辉。然而，我们是否应该追问一句，那西方理论所自带的价值取向就一定是我们的兴趣所在？最近在一份报上看到整整两版"海外学者看文学批评和文化批判"的摘要，颇有感触。人家所提出的看法，都是针对人家那里的情况，而同样这个文学批评和文化批判的问题对于我们意味着什么，则是我们需要问自己的问题。而就在这些海外学者中便有人指出，"当代西方社会与人文学术趋势，主要以美国为主导。知识的生产和传播流通有其特殊性，在美国或转手、或包装、或生产、或营销，必然带上美国色彩，受到美国价值观、美国特有的'问题意识'的影响。我们在观察学术趋势时，对此需要了解……用西方理论模式来解读及预测中国的现状和发展，就遇到非常多的困难和出现越来越多的谬误和漏洞，因此许多主流社会科学界的学者开始关注中国等转型社会对社会科学理论提出的新挑战。新近的说法是中国正在由一个'理论消费国'转换成'理论生产国'……"对此，我们是否应该有所作为呢？

再者，即使从批评的技术层面说，要读出令人信服的新意，也是要狠下一番功夫的。围绕着什么下功夫？从编辑部所收到的大量来稿看，有一个问题似乎需要引起注意：我们切不可一味地追寻新的理论框架，而忘记了文学阐释最基本的运作机理。传统的解释学认为，所谓的"理解"，是一个心理上重新建构的过程，"理解"的对象，应是文本本身最原初的意义：所谓"重新建构"，就是要建立起过去和现在、文本和阐释者之间的联系：而所谓"心理的"，乃指作者和读者（阐释者）两人之间心智上的沟通。狄尔泰说，文本是它的作者的思想和意图的"表达"（Ausdruck）。阐释者要理解作品，就必须设法置身于作者的视域之中，亲历其创作的过程。而作者和读者之间之所以能沟通，则基于一种共通的人性，一种共通的心理构成，一种共通的属性意识，这些才形成了可以设身处地认识和理解他人的基础。中国的文学批评传统也一贯强调"知人论世"，讲的也是同样的道理。而按这样的标准看，即使是我们已经刊发的文章，恐怕还是有很大的改进余地的。

2005年第4期

　　检阅报章媒体对今日学界的批评，"浮躁"似乎是用的最多的一个形容词。"浮"者，停留于表面，不求深入：而"躁"者，则"急于求成"、"急功近利"之谓也。"浮躁"的具体表现或可列出多种，但归结起来也就是人所共知的，即"读得少，而写得多"；"（好的）论文少，（充数的）专著多"。有人戏言现在是"写书的比读书的多"，那显然是夸张的说法，但在我们外国文学研究的大量的出版物中，严格意义上的译述和粗浅的介绍占了相当大的比重，则是一个不争的事实。至于何以会出现这种状况，不少人都会责怪时下学术大环境的恶劣，有责怪市场化经济大潮冲击的，有责怪主管部门领导所执行的政策的，也有归咎于时下盛行的各种评比的，总之，都是一些客观的原因，使得当下的中国学术陷入了一个怪圈。那么，究竟如何使这种状况得以改观呢？大多数论者话里话外似乎又都表现出了一种无奈和悲观：既然冰冻三尺非一日之寒，那要使这一局面根本改观，也绝非一朝一夕就能奏效。

　　然而俗话说得好，解铃还须系铃人。这局面的改观，说到底还得靠我们从自己做起。多年来，本刊一直在为改变这种状况尽自己的一点绵薄之力，尽量多地刊发一些高质量的学术论文。所谓的高质量，无非也就是选题比较好、有学术探讨的价值、有独特的视角、不是人云亦云的低水平重复等等。一篇学术文章，其全部的存在价值，也就在于能言人所不言——提出一点真正属于自己的新看法。可这样的看法从哪里来？那无非就是两条，一为多读，二为多思。多读，就要有披沙拣金的精神，尽可能全面地占有第一手的材料；多思，则是对这些材料进行梳理和提炼，从中发掘出新的论点。惟有这样写成的文章，才能真正做到通常所说的"言之有理，持之有故"，而在此基础之上，若能再更上一层楼，才会具有一种思想的穿透力。然而，就这样的要求，要达到怎么就这么难呢！现在大量的文章，动辄都是自己单起炉灶，不少甚至有点天马行空的味道，口气比力气大，甚至连一点简单的检索也不屑去做。说起来是自己的想法，可这些想法只不过是你所看到的、听到的、关于这个论题不知被人说了多少遍的大路货，这同样的话题，同样的观点，重复了再重复，那能有什么学术的价值呢？顺便再说一点，就是文章不要怕改。学术不是时装秀，真正的好东西肯定都会打着个人的烙印，因此是不会过时的。这一期中发表的论文中，杨金才、范捷平、王建平、邓亚雄等人的论文都是几易其稿，有的甚至是与编辑部打了五个来回才最后发表的。

本期编完之后，2005 年很快就要过去了。在这辞旧迎新的当口，我们愿在此向学界的同仁们再一次呼吁：重视论文，写好论文。写论文，是我们做学问的基本功，让我们切实努力一把，扎扎实实地打好这个基本功。

说到写论文，想起了本期郭宏安论文中提到的德国批评家列奥·施皮策（Leo Spitzer，1887 - 1960）。此人被誉为"集直觉与推理、博学与敏感于一身"，是所谓"风格学文学批评"的创始人之一。甚为有趣的是，这位曾立一家之言的学术大家，一生中除博士论文这一本书外，却从未写过任何的专著。换句话说，他只写论文。他的全部书目可达 800 个编号（33 卷），当然其中也包括了一部分翻译作品，但据韦勒克说，这个书目仍有 88 篇文章尚未收入。没有专著也能成为大家，还能成为某个学派的立言人，这能给我们什么启示呢？

2006年第1期

上一期编后记说到目前学风浮躁，要加强论文的写作后，一连收到好几位作者的电话，都深表赞同。有朋友出于对本刊的关心，还来信转告了从网上看到的关于当下学术期刊状况的讨论。编者在此谨对所有关注、支持本刊的作者、读者表示诚挚的感谢。

近日有网友在某论坛上发出这样一副帖子说，"国内不收费的学术期刊已基本灭绝，当然，这是对'小人物'而言——对于'大人物'，几乎所有的期刊都是不收费的，而且还一稿难求，付与高稿酬"。他在批评了某些中文核心期刊"收费简直离谱"、某些编辑从中"谋得个人好处"的学术腐败现象后，也表扬了几家至今仍不收版面费的期刊。此帖一发，即有网友（一位曾向本刊"投了稿而被拒"的网友）跟进，称赞本刊不仅"不收费"，而且还是外国文学类"唯一保持良知的一份期刊"。的确，我们已多次明示学界同仁：本刊奉行学术第一的用稿标准，不收任何的审稿费、编辑费、版面费，而且文章一经刊用即付给稿酬。在这一点上，这位网友所言不虚。所谓"保持良知"，我们更愿意视为一种鼓励；至于"唯一"，则实在不敢当。因为我们确实得到主办单位的经费支持，所以不能站着说话不腰疼。眼下一些学术刊物因单位经费有限，不得不靠收取一些版面费作为补充，也情有可原。不过现在要问的是：收费是否已影响到学术标准的把握，用稿到底是学术说了算，还是钱说了算？

网上的另一则批评也引起了我们高度的重视。这位看来也是英美文学爱好者的网友指出，从事文学批评、文学史写作，起码自己的文字应该有点文学性才对。国外的一些批评大家，大多本人就是文华绚烂的作家。他们的文字挥洒自如，涉笔成趣，读来文采飞溅，而相比之下，我们的文学史或文学评论文字，则往往单调乏味，驽钝僵化得不行。结果呢——？又有网友跟进帖子说，他从图书馆借的、包括本刊在内的外国文学评论刊物，"没有一次是全读完的"。此话真是掷地有声！作为本刊的主编，听了真是有说不出的惭愧。还是再听听那位热爱英美文学的网友的话吧："文学批评是一种很有别于其他人文学科的活动，它除了需要写作者对于所评论的语言有着超乎常人的敏感，对其中的隐喻、象征体系有着侦探般的热情之外，还需要作者本身拥有很好的驾驭文字的功底，甚至批评家本身最好也有文学创作的经验。"然而，我们的外国文学研究者则面临两种尴尬——"要么就是理论搞得深的而文字功底和语言表达能力奇差，于是只好拼命地使用'大词'或'术语'装饰门面；要么，就是好的作家试着研究文学创作理论，结果专业素养太低，毫无理论深度和学理价值。"而究其原因，这位网友一语点到了要害："功利主义导致的学术弱智和思想僵化导致批评语言的美感缺失，就是当下中国'外国文学研究界'面临的集体尴尬和危机。"话说得也许重了一点，但只要看看我们刊物里的文章，谁又能说不是这么个理呢？

又该说怎么办了。这回恐怕真的是解铃需要系铃人——促请我们所有搞文学研究的来思考一下这个问题了。此刻，我不由想起了毛泽东当年的谆谆教导："为什么语言要学，并且要用很大的气力去学呢？因为语言这东西，不是随便可以学好的，非下苦功不可。"他说，一要向人民群众学，二是从外国语言中学——不是硬搬或滥用外国语言，而是吸收其中的好东西，三是学习古人语言中那些有生命的东西。那么，就让我们在这三方面好好下一番苦功夫吧。

2006年第2期

建设创造型国家和提升民族创新能力问题近来已成为议论的热点。然而，笔者在检索后却发现，这方面的论述或报道大多仅限于具体的科技创新，很少论及民族创新力的培养和提升。后者其实是涉及经济、社会、文化等多个领域的一项系统工程，在一定意义上，社会文化生态甚至还会起相当大的决定作用。目前，人们普遍感到我们民族创新力的相对滞后，它所反映的不啻是我们的文化生态出现了某种危机——热衷于短期效应，忽视长期投资；热衷于跟风模仿，忽视自主开发等等，好在这样的直接影响创新的问题已开始受到关注。然而，在笔者看来，还有一些更深层次的造成我们民族想象力的衰退、因此阻碍了创新力开拓的问题，至今却仍没有引起足够的重视。譬如，我们都说今天是"知识经济"的时代，但中国却远远没有达到与之相应的"阅读社会"的标准，我们的民众基本上没有阅读的习惯，我国阅读人口比例也大大落后于现有的创新型国家。这里所谓的"阅读"，不仅仅是指科技知识的掌握，而且还指包括文学在内的人文修养。后者尽管并不直接产生科技新发明，然而靠它所营造的良性文化氛围，却是提升一个民族想象力的基础和保证。再者，相当一个时期以来，学界一直流行所谓文学已越来越边缘化的说法，可我们是否想过，这文学的边缘化是否将导致一个民族想象力的衰退？笔者在此想到的是两位诺贝尔文学奖得主的感言。T. S.艾略特说："一个不再关心其文学传承的民族就会变得野蛮；一个民族如果停止了生产文学，它的思想和感受力就会止步不前。一个民族的诗歌……代表了它的觉悟的最高点，代表了它的力量，也代表了它最为纤细敏锐的感受力。"约瑟夫·布罗茨基说："鄙视书，不读书，这是一个深重的罪过。由于这一罪过，一个人将终身受到惩罚；如果这一罪过是由整个民族犯下的话，这个民族因此就要受到自己历史的惩罚。"

那么，在"读书"和关心文学传承这样的问题上，我们目前究竟是怎样一种状况呢？

去年9月底，《文汇读书周报》刊登了一份对上海六所著名高校学生课外读书状况的问卷调查。该调查显示，现在每天能抽出一至两个小时阅读课外书的学生仅占学生总数的11.83%，而一半以上的大学生都不能保证平均每天半小时的课外阅读时间。就课外阅读的内容看，阅读动漫类和网络书刊者的比例将近是读书人总数的一半，从大学生的阅读喜好看，喜欢科幻类书籍者最多，达34.75%，言情和武侠类各占30%左右，而阅读学术性书籍的仅占11.47%。或许有人会说，现在网络时代，纸质媒体已让位于电子媒体。那么，总数达1.2亿的我国网民阅读状况又如何呢？据互联网络信息中心的统计，以获取信息和休闲娱乐为上网目的的网民分别占总数的 42.3% 和 34.5%，排第三位的才是学习，仅有 9.1% 的网民选择，而选择学术研究的只占网民总数的 1.1%。

同样是在去年，美国著名作家约翰·厄普代克在《纽约人》上曾发表一篇对我国作家苏童和莫言的评论。他在文章的开头写道：专家们都说中国是一个未来之国，她在经济上、商业上以及智力上取得的成就，使人们都在预言说她日后将成为全球的主宰。但是在文学方面，她却悄然无声。她的书店里虽也是熙熙攘攘，但《时代》周刊却有报道说，那里销售的书籍，几乎一半是教材，而另一半则是翻译成中文的美国书……我们尽管可以批评厄普代克的偏听偏信，但在批评之余，我们对自己目前的文化环境，以及这样的文化环境能否滋养和提升我们的民族创新力，是否还可以作进一步的深思呢？

2006年第3期

一连好几期的编后记都有点"不务正业"，谈了一些与编发稿件本身似乎不太相干的事情，如学风问题、文学在激活民族想象力和创新力方面的作用问题等，但未想到的是，这些话题在不少读者中竟引起了相当热烈的反应，有的读者还发来电子邮件，对我们刊物所发挥的社会作用给予肯定，对我们编辑部全体同仁的人文关怀和付出的心血表示敬意。这些反应和来信对我们真是莫大的鼓舞。这说明，尽管现在会听到太多的关于文学被边缘化之类的哀叹，然而，热爱文学、希望从优秀的文学作品中获得精神鼓舞、脚踏实地地从事文学研究的，则依然大有人在。

编发完这一期的稿子，编辑部接下来的工作就是要全力以赴准备十月下旬的"双年会"了。这一次研讨会的题目叫"与经典对话"，为了开好这次研讨会，早在今年第一期就刊登了征集会议论文的通知，而之所以要以"经典"为题，乃因为我们觉得，当下对"文学经典"实在有必要大力强调。一个时期以来，所谓"后现代"思潮的冲击，使人们许多认识和观念悄然发生了变化，其中关于文学和文学经典的假设，更已是今非昔比。伴随所谓"宏大叙述"的消解，对一切属于传统的、宏观的、严肃的、高雅的、共识性的、深层次的、有理解难度的、需认真对待的东西，许多人都不自觉地产生了一种厌弃，而对那些轻佻的、搞笑的、怎么快活怎么来的中产阶级或小资的趣味，甚至粗鄙厚黑的恶俗、却有一种流于本能的趋附。也正是在这一趋一避之中，他们似乎找到了种种名正言顺的理由，将"经典"与所谓的"当下"、"通俗"、"文化"、"新潮"等对立起来，于不经意之中将它搁置、丢弃到一边。

然而，对一切认真严肃地思考生活的人来说，文学，特别是经典文学，则是一种须臾不可或缺的需要。是的，文学的确是想象性的观念构造物，但它最基本的特征，则是要对我们的生存现状提出质询和批评，也正是在这个意义上，卡夫卡认为，文学是现实的一种"阻力"。在现实世界中，由于客观条件的制约，由于种种物欲的蒙蔽和诱惑，人们的视域和行动往往并不自由。相反，只有在文学审美活动中，尤其是在与"文学经典"的交流与对话中，人反而有可能成为席勒所谓的"真正自由的主体"，对自身的存在，对所生存的世界的合理性，以至对自身生命价值和意义进行全面、深入而透彻的思考。

从不同国度和民族之间交流的意义上说，文学则是我们认识异域文化的最好借镜，使我们不但知其然，而且知其所以然。我们常说"他山之石，可以攻玉"。对我们这些从事外国文学研究的学人来说，总不能随便去人家那里拿上几块石头就回来交差塞责，当然要做一番精挑细选，把人家最具有代表性、对我们最有借鉴价值的宝贝（即"经典"）取回才是。

不消说，任何"经典"都具有某种稳定性，因为那毕竟是经过时间的选粹，它必须包括那些被认为是最好的、具有某种恒久价值，从而能够超越时空的优秀文本；但另一方面，所谓的"最好"或"恒久"，其实又总是一个相对的、动态的概念。任何"经典"都不会一成不变，它不仅在构成上会发生与时俱进的变化，而且也必然会随着接受者的需要和发现呈现其不同的侧面。以上所说，其实都是些大实话，并不值得我们去喋喋不休地讨论。真正重要的是：我们要有这样一种经典意识，要主动地与"经典"进行交流和对话，通过这样的交流和对话，使我们真正地认识他人，认识自己……

2006年第4期

艾略特曾说过，文学批评大概可以分为三个层次：最基本的一个层次是"区别好诗和坏诗的能力"（这里所说的"诗"，应是文学的泛指），最简单的检验，就是看"能否挑选出一首好的新诗"，看能不能"对新的情况作出恰当的对应";第二个层次,是从"好坏的取舍"上升到"组织"——把"读诗的快感扩展到赏析";第三个层次则是他所谓的"再组织"(reorganization),即在受过文学教育的基础上,能"从所处的时代中发现某些新东西,发现某种正在形成的新的文学样式"。艾略特说的这番话,首先还不是要从正面去阐发批评的功能,而是在批评那种在他看来是无用的文学批评。他说历史上就曾有过所谓"批评的时代",而这种时候的文学创作和诗歌的品质却往往是很差的。那些大量的冠以"批评"的文字,则大多出于一种懒惰的习惯,"把别人现成的看法拿过来,代替了自己对于文本的仔细研读"。他还说,"人们如果只把自己真正想说的那些话写下来,而不是要去写书,或不是因为占据了某个位置而不得不去写书,那么,批评的总量与少数真正值得一读的批评专著之间就不会相差太大了。然而,现在有些人说来,批评仿佛成了一项颓废的职业,成了民众创作力衰退的一个征兆而非原因,他们把文学孤立起来,完全与生活脱离,简直到了弄虚作假的地步"。

艾略特于1965年去世,他幸运地没有看到身后我们所处的又一个"批评的时代"。真是不可思议,一切都好像被他说中了似的。文学创作和诗歌的品质怎样就不说了——笔者此刻突然想到的是前不久国内"诗坛"上演的人体秀,以及物主义、梨花诗、下半身诗、废话诗,等等。今天大量冠以"批评"的文字,都不再是对文本的仔细研读,而是重复别人的成见,这种"批评",说的当然不是自己真正想说的话,而是为了报课题、填表格、评职称而在搜寻奔忙,是"因为占据了某个职位而不得不写书"。无怪这些年的"批评总量"虽以几何级数在增长,学术泡沫翻涌,而"真正值得一读的批评专著"却寥寥无几。当然,我们这么说,也不是对当下学术状况的一个全面估计,而只是想指出这种学术异化的严重性。

除了上述看得见的变了质的学术,还有一种已在变味、甚至已有伪学术之嫌的学术,却尚未引起人们足够的重视。本来,正如艾略特所说,文学批评最基本的一个作用就是要区别好坏——什么是好作品,什么是不好的作品,什么是坏作品。可是在今天,批评的这项功能却大大退化,几成为可有可无的一段阑尾。近年来,欧美越来越多的思想家、教育理论家,对当下大学人文学科越来越残片化、人文关怀日益滑坡的状况表示出了高度的关注和忧虑。在各种文化理论的拉扯下,文学理论和批评分化得越来越细琐,一些批评即便也声称在对文学的某些特定成分进行分析和解释，但由于它刻意回避对文学的认识价值和审美价值的总体判断，所以它并没有使人在思想认识和精神上得到提升。这种纯技术性的学术听起来也头头是道，但实际上对整个社会的人文素质却在起着一种负面的消解作用。或许有人会说，在当下这个"民主多元"的时代，你还非要人相信有什么崇高的终极关怀，这也太不合时宜了吧。是的，在民主和多元的时代，你的确说什么都可以。但是，"民主"和"多元"绝不是要取消人对于真、善、美的追求——人总是向往文明，而不会甘心在愚昧、野蛮和粗鄙的泥淖中打滚。这个信念，则是我们所有从事人文学科研究的人所不应该忘记的一个前提。

2007年第1期

《外国文学评论》自1987年创刊以来，已经走过了整整20年的历程。在全国从事外国文学研究和教学的全体学者同仁的关怀支持下，这份刊物现已成为大家发表学术成果、交流切磋心得体会、以文会友的一方园地。抚今思昔，我们高兴地看到，在我们创刊初期曾在本刊发表论著的一些中青年学者，今天都已经成了国内这一研究领域的学术带头人；而新一代的学者又在不断地加入进来，使我们这个学科真正做到了后继有人，生机勃发。

本期刊发的赵山奎博士所作对本刊过去20年载文及作者状况的分析报告，是采纳了一位热心读者/作者的建议。需要说明的是，该报告的撰写和分析完全都是作者个人的看法，不在任何意义上代表编辑部的意见。在编者看来，报告中有这样三组数字则可看作是我们全部工作的记录：一个是20年来，一共有230个工作单位的835位作者发表了1482篇学术论文；第二是我们这份刊物聚合了一个约50人上下的核心作者群，这批作者同时也成了国内这一领域的学术带头人和骨干；第三，刊物每年都推出数量可观的新作者，仅1997年至今的十年内，累计推出的新作者就达300位之多，也就是说，平均每年有30位新作者将首次在我刊发表论文。这三组数字，为编者的以上感慨提供了一个事实的依据。对于第三点推出新人新作一事，或可再补充一点，即本刊向来奉行不看一个人的单位名气大小，也不论他/她个人学历、职称的高低，只要学术有专攻、立论有新意，这样的文章就应该在我们的刊物上发表。关于这一点，我们的作者和读者这些年都是有目共睹的。

新年伊始，本期又推出了十来位新人的新作。而这一次，读者也许会发现，其中有好几位都是新近学成归来的"海归"学子。他们由于长期浸润在我们所研究的对象国文化之中，得到了相当好的学术训练，又能便捷地接触到最新的资料和信息，所以一出手，便立刻让人感到了他们在知识结构和学术关注点方面的不同凡响。毛亮博士通过对亨利·詹姆斯具体作品的分析，就"文学"作品该如何阅读的问题替詹姆斯作出回答，认为对文学作品的诠解应注重文学体验的社会性与公共性的取向。但我们知道，詹姆斯亦素来推崇创作中的个人自由，认为"孤独"（Loneliness）方是作家得以最好发挥的前提，而这一点过去也曾被解释为詹姆斯是在以个人的良知来对抗腐朽的社会群体。然而，毛亮的分析仍令人信服地证明了詹姆斯对主体社会交往必要性的坚持，认为唯如此才能摆脱那种由个人主义发展到唯我论的伦理困境。这篇文章之难做是显而易见的。它对作者对于研究对象的总体把握、对论理过程中的分寸的掌控等，无疑都是考验功力的挑战。二十世纪德国的重要诗人保尔·策兰在国内新出的文学史上曾有过介绍，但迄今却未能见到关于他的诗作的具体研究。吴建广博士在国外长期研究策兰，他这次发表的论文，从选题上说显然就具有某种"填补空白"的意味。周郁蓓博士从"奥普拉读书俱乐部"这样一个大众文化现象切入，却巧妙地深入到了对于传统人文学科研究如何适应后现代社会文化语境而转型这一理论问题的讨论。她的这篇文章，当然还有凌津奇博士的那篇对"离散"这个既"老"又"新"问题的讨论，都在选题、在提问和思考方式以及在资料的引征等方面，给了我们不少新的启示。"海归"学子们所特有的强项当然是无庸讳言的，我们期待着他们在今后有更出色的发挥。但要发挥得好，恐怕也还需要对自己稍稍作一点调整——对已然变化了的文化环境、言说对象及由此而产生的新的学术要求，或应有一个新的认识。这样的一点提醒，可能也不会是多余的吧。

2007年第2期

一年一度的国家社科基金项目评审又开始了。编者不禁想到了前不久网上的一条曾引发广泛讨论的消息：今年1月，杨振宁教授在澳门科技大学的一次讲座中谈到，中国本土科学家之所以没能获得诺贝尔奖，主要原因是因为科技研发投入的不足，国家每年给清华大学拨款6亿，但这只相当于美国一个研究所的经费。他相信，随着中国经济的成长，20 年后中国本土将产生诺贝尔奖得主（中国新闻网 1 月 25 日报道）。

科研水平与经费的投入有着密切的关系，这个道理人人都懂。但"大投入"是否就一定产出"大成果"，"产出"是否一定与"投入"成正比，这就需要再掂量一下了。中国科技要赶超世界水平，当然需加大研发投入，但是否还应思考另一个问题：即按照现有规模的投入，为什么所获得的成果中真正具有创新意义的却少之又少、不成比例？据去年全国政协"落实国家中长期科学和技术发展规划纲要"专题协商会透露，每年国家资助的科研项目达数万项之多，然而其中百分之九十以上都不能转化为实际生产力，成了大量的"科技泡沫"。我国 SCI（科学引文索引）论文的数量位居世界第五，但这些"成果"大多数却被证明是无用功；1994 - 2004 年十年间，我们单篇文章平均索引率的排名是在第 120 位之后。

科技方面投入与产出的落差是如此之大，人文社科的情况又怎样呢？现在，国家对人文社科研究的投入也是年年递增，从上到下各级资助的项目，已呈遍地开花之势。以国家社科基金为例，从 1992 年到现在，年度资助总额已连翻数番，从过去每年不到 1 千万增加到现在的 2 亿；而个人项目的资助则从不足万元增加到现在的七八万之多，一些单位还要锦上添花，再追加所谓的"配套"资助，于是现在个人项目所得到的资助往往能达到十几万！这笔钱究竟是多还是少，受助者当然心中有数；然而，这么大的资助力度应该完成具有怎样质量的一个课题，我们的资助者和受助者都心中有数吗？

我们的各级科研主管部门中，不少人笃信"重赏之下必有勇夫"的古训。不可否认，这些年的高额资助的确也拿到了一批质量上乘的研究成果。但众所周知，人文社科研究毕竟属于一种思想创造的精神活动，它在很大程度上是一种个人的独立思考和发现。从这个意义上说，它与金钱的投入并没有太大的直接关系。它其实只需要两条：一个是基本的物质生活的保证，再一个是宽松、开放、活跃的思想氛围和学术环境。没有这两个最基本的条件，投下去的钱再多，能买到的只会是哄你逗你的空话。再者，我们已多次说过，学术论文（著）应是某个专业的原创性思想的结晶，它从来不是以数量取胜。低水平的重复，数量再多也毫无用处。所以每年听到宣布某某基金的资助力度又大增多少的时候，一方面你真的很想为嗷嗷待哺的学界感到由衷的高兴，可当看到滚滚的学术浮沫迎面扑来时，刚绽出的高兴又怎不顿时化作深深的悲哀。笔者曾亲眼见过一份送审正高职称的材料，此兄五年间发表的"专著、论文"竟多达480万字，这意味着他每年要划拉出近100万言的"论文"。而当论文写到像这样泼水成篇的地步，真不知为什么还要给资助！

这些年中央三令五申要转变发展观念——把"转变经济增长方式"作为"十一五"时期必须坚持的一项重要原则。笔者认为，这条原则其实也应适用于经济以外的其他领域。譬如，我们科研论文（著）的生产就亟需转变一下目前的这种增长方式，切实将关注的重点从"数量"转移到"质量"上来。而现在已是非把这件事提上议事日程不可的时候了！

2007年第3期

近年来应届研究生的比例增大，来稿作者的平均年龄似有明显下降。最近时有青年学者来电来函询问学术文章撰写的要诀。虽说文无定法，但学术文章毕竟不同于一般的记叙文、应用文，其中还是有些必须掌握的要领。而要掌握，首先还得从琢磨学术文章本身开始。在本期作者中，三位最年轻的，但汉松28岁，代丽丹27岁，最小的一位叫聂时佳，今年20刚出头，还是北师大文学院的一位在读本科生。而我们刊物发表本科生的论文，这也是第一次。那么，他们在学术论文作法方面能否提供一点启示呢？

毋庸讳言，这几位毕竟是学术殿堂里的新手，所以他们的论文无论是在立论、论证方面，还是在结构和行文的条理方面，都稍显稚嫩；但他们有一个共同的特点：都非常努力地要通过论文的写作使自己受到严格的学术训练——如何选题，如何提问，如何对所掌握的文献资料进行梳理，并从中发现有价值的论据作为自己立论的支撑，等等。

就选题而言，二位博士生的论文选题显然更加专业一些。代丽丹的这篇《"圣杯"追寻中的意义选择》，是她已经通过答辩的博士论文的核心部分。该论文认为，"圣杯传奇的意义既不在于表现异教的神秘力量，也不在于宣讲基督教的教义原则。它的意义只体现在真实的叙述行为之中，即通过不同文本的改写，使'圣杯'从一个异教神话中的容器演变为基督教圣餐仪式上的圣餐杯，完成了由'神秘'到'神圣'的转变，并在这两套意义结构的整合中获取了一种意义"。论文将"意义"看成一种动态的语言建构，并举以大量文献实证来达成这一"建构",显然比通常将"意义"视为作品内在的、一成不变的看法高出了一筹。

但汉松《〈拍卖第四十九批〉中的咒语和谜语》一文的考察对象,或是迄今为止品钦作品研究中尚无人涉及的一个话题。他的初稿是去年12月寄来的,编辑部审读后认为这一批评视角颇具新意,但论文仍过多"停留在对咒语/谜语指认的层面,对问题的分析和展开,则力度明显不够"。作者于是对论文做了认真修改。然而,由于动作过大,"摁下葫芦却浮起了瓢",第二稿在立论和论点的衔接上又发生了问题。但编辑部并没有因此失去耐心,而是就如何理解弗莱关于"咒语"和"谜语"的论述,如何把他的理论具体运用于品钦作品的读解,做了长达3000多字的书面回复。小但认真思考了编辑部的意见,撰写了一篇长达9000字的回信,陈述自己的认识和想法,并对论文的立意和各部分的衔接又重新构思。读者现在看到的这篇一万多字的论文,是作者三起炉灶后的产物,而为了完成这篇论文,小但与编辑部之间则有过17000字的信件来往(电话交谈还不算在内)!

聂时佳一文的选题虽略显平淡,但她有自己的长处和特点:她把自己对中国古典美学的体验带入了对《追忆似水年华》的读解,这种带入非但没有造成理解上的隔阂,反而起到一种润滑剂的作用。论文对中西两种"心物两一"和"断片的美学"的分析,两者在何处相通、又在何处相悖,拿捏得恰到好处,难能可贵。但文章的初稿立足于讨论"意义"、"文学史地位"和"个性魅力"等概念性议题,在学术上已是老生常谈,所以编辑部建议她集中探讨《追忆》的形式创新问题——尽管这选题本身仍新意不足。可喜的是,作者的善于思考和善于表达做了补救,她就《追忆》中"细节和断片"对小说整一性所起的建构作用,以及对普鲁斯特如何通过"放纵心灵的感觉"(与萨德的"放纵肉体的感觉"形成对比)而蔑视死亡、永葆青春所作的分析,显然成了本论文最出彩的亮点。

2007年第4期

为了应对学术繁荣高产的大好形势,国内的学术刊物这几年都纷纷采取"扩容"措施:有的把季刊改成双月刊,双月刊改成月刊,有的则把版面抻长、加宽、增厚,由十六开扩展为大十六开,由十个印张增加到十二三个、甚至十四五个印张，从而使刊物年发稿总量几乎翻上一番。为不使自己在众多敦实厚重的同行面前太寒碜，我们也对刊物做了适当的调整，增加了一个印张，但一个印张实在是杯水车薪，仅仅是现有的一些长文就将这点篇幅挤占殆尽，刊物发表论文的总数仍没能增加。这些年，我们也听到不少的牢骚和意见，有的抱怨国内登载外国文学研究论文的刊物太少，有的则建议我们是不是也改为双月刊，或再扩充一些版面等等。

可是，按照目前的状况，即便改成了双月刊或再增加一倍的版面就能满足需要了吗？其实，国外学术期刊的版型、篇幅以及每一期发表论文的数量等都有心照不宣的惯例，如以美国为例，要论刊物的总数，我们的确还不能与他们相比，尤其是他们除了众多的校办定期刊物外，还有许多属于经典作家研究会不定期出版的研究集刊，但平心而论，真正叫得响的综合性文学研究学术刊物，数量却也很有限。这些刊物基本上都隶属于某个大学出版社，由一位资深学者担任主编，辅以一至两名副手，下辖一个由十来名著名学者组成的编委会。这些刊物一般都是季刊，而我们有所不知的是，它们每期刊发论文的数量其实都极其有限，远比国内同类的刊物要少。例如，隶属于加州大学出版社的《十九世纪文学》，总篇幅在 150 页左右，其中的 120 页刊登 4 篇论文，余下的 30 页刊登数十条书评；威斯康星大学出版的《当代文学》季刊，也是 150 页的篇幅，每期刊登 5 篇论文，另加少量的书评；隶属于杜克大学出版社、同时又经美国现代语文学会美国文学分会授权的《美国文学》季刊，篇幅稍大，有 200 页出头，它每期发表 7 篇正式的论文，另外再发表 30 来篇书评；而美国比较文学学会的会刊、由俄勒冈大学出版的《比较文学》季刊，每期仅 100 页左右，它只刊登 4 篇论文，2 – 4 篇评述性文章，再加上十来篇较短的书评。众所周知，由芝加哥大学出版社出版的《批评探索》（W. J. T. 米切尔主编）和由弗吉尼亚大学出版社出版的《新文学史》（R. 科恩主编），都是美国人文社科学界非常著名的学刊，但它们每期也只有 200 多页的篇幅，刊发 8 – 10 篇论文。稍许例外的是美国现代语文学会会刊《PMLA》，它是双月刊，篇幅时多时少无一定之规，因为它经常要刊登一些关系全美语言文学界公共事务性的文字材料。它当然也刊登论文，少则 5 篇，多则 10 篇，极个别的时候还可能多一些。由于是全美发行的学刊，它的影响较大当不言而喻。

编者之所以要如此详细地介绍国外一些学术期刊每期发表论文的情况，为的是想告诉大家，国外学术刊物每期发表论文的数量很少，而要在这样的学刊上发表一篇论文是非常不容易的——论文从选题、立论到运用材料进行论证等各个环节，都要在三名以上同行专家学者的匿名评审过程中受到非常严格的审核。但是，对论文发表数量的严格控制，却正是保证论文质量的第一项基本前提。本刊编者在今年第 2 期的编后记中曾提出建议，要把我们关注的重点从科研论文（著）的"数量"转移到"质量"上，有关领导若能采纳、并采取切实有效措施予以落实，实乃中国学术之大幸。

2008年第1期

热闹了十多年的"文化研究"和"文化批评"，与早前的"理论热"一样，近来也已呈现出明显的颓势。究其原因，主要有二：一是我们搞的"文化研究"多停留在理论的层面，误将理论命题当成了研究的对象，以为把几个概念界定一番，问题也就得到了解决；二是这些年搞的文化研究基本上与少数族裔、后殖民、女性主义研究等重合为一体，结果失去了自己应有的本分。其实，在"文化研究"冒头之前，新历史主义批评就曾提出过一个"文化诗学"的理论假设："文学"作为一种"社会意识形态"会对人产生影响，人受了影响便会付诸"社会行为"，而人的社会行为再被作家书写成"文学"复又进入意识形态……这样，文学－意识形态－社会行为－文学便形成一个周转性的流程。受惠于新历史主义的这种"文化诗学"观，编者多年前即已试探性地提出，"文化研究"可否不在理论概念上兜圈子，而应着眼于个案的分析，要关注具体的经验性的东西，讨论文化的"生成"活动——不一定是已经上了书的，而是那些正在发生、或发生在不远的过去的事情，要特别关注在文化的生成过程中所产生的种种问题。但遗憾的是，十来年过去了，我们的"文化研究"却仍未能对文化本身有深入的掘进和探讨。这些年，"身体"再发现的呼声日高，然而这种"身体文化"的研究，几近成了"性文化"的转义词。鉴于这样的一个背景，本期集中刊发了一组我们认为有些新意的"文化研究"论文，冀希对这一研究的深化能有所推动。

这些论文有一个明显的特点，它们的切入点和着力点都不在于所论作家或作品本身，而是要探讨如上所说"文化"生成过程中的一些重要问题。虞建华的论文对上个世纪二十年代美国发生的一桩民事案件——"萨柯－樊塞蒂事件"重新加以审视，他不单单是考察那个事件的来龙去脉，而是要对介入那个事件的各种社会力量及它们所代表的政治倾向，对由这一事件而产生的两代左翼作家在美国文学史上留下的印迹和影响进行梳理和分析；王建平一文聚焦于美国十九世纪一些经典作家所撰写的中近东圣地游记，考察了那些文本如何参与了美国大众文化中历史记忆和民族身份的建构；众所周知，二战后有关"大屠杀"的文字呈几何级数地增长。那么，作为一种历史见证的文字，如何获得并维持其叙述的可信度呢？徐贲的《"记忆窃贼"和见证叙事的公共意义》一文，对于叙事的真实性及与此相关的叙述的道德和文化立场问题进行了引人入胜的探讨。另外，谭惠娟的论文似也可归入这一组，此文谈的是埃利森与欧文·豪之间的美学论争，然而透过这一论争，我们则清楚地看到了日益成熟的黑人美学价值观向美国主流文化意识形态的渗透。

不过，从事这样的"文化研究"，困难也是不言而喻的。其中最大的一难，就是资料方面所受到的限制。由于要探讨的是异域文化个案的因由和影响，我们必须掌握尽可能翔实的第一手历史文献资料，在这方面，我们图书馆中的现存资料往往是非常欠缺的，而基于有限的资料所得出的结论，其可信度和学术价值无疑会大打折扣。本期发表的这几篇个案研究论文，在资料的搜集方面已经做了非常大的努力，正因为如此，我们对它们的学术价值给予积极的肯定，但也恰恰是基于同样的理由，我们似乎还可以认为，它们对所提出问题的探讨仍仅仅是初步的。

2008年第2期

随着学科"评估"活动的深入，对各学术单位所发表文章的学术水平的关注度也跟着提高。于是对发表论文的刊物的等级，论文被同行引征的次数，论文作者在行内被引用的频率等等量化数据便也脱颖而出。笔者日前听说，国内的有关部门还成立了一个"中国社会科学研究评价中心"，看来，这"评估"的营生还真的要有板有眼地当桩事情来做了。

既然要评估，就得有标准。美国人 E. Garfield 不仅创建了《科学引文索引》系统，而且还于上个世纪的六十年代提出了一个所谓"期刊影响因子"（Journal Impact Factor）的概念，即以同类期刊为对象，对一定时域内（一般为两年）期刊论文的平均被引用率做出统计，该数值（影响因子）高的期刊就被认为在同类期刊中具有较高的影响力。这个概念也引起了国内热衷于评估统计学人士的极大兴趣，他们显然不满足于把这个概念引入国内的自然科学期刊的管理，于是"中文社科引文索引"（CSSCI）指导委员会在去年12月召开的第七次会议上，提出将影响因子进一步纳入人文社会科学期刊统计的要求。

根据有关方面的统计，本刊在国内同类刊物中的影响因子据说位居第一，按说我们应该高兴才是，但笔者却实在高兴不起来。因为——恕我直言——这样一种违反学术规律而忙不迭地与外界接轨的做法一旦被推广普及，效果很可能是适得其反：给本来就已经太多太滥的评估更增加一个"剪不断、理还乱"的推力。

众所周知，由于自然科学学科分类相对明确，学术刊物所涵盖的学术领域也相对集中，加之一个学科门类中的学术承继关系也比较清晰，因此对每一学科中各学术期刊在一个时段所发表论文在本学科所受重视程度做量化处理，也就相对比较容易。这样产生的所谓期刊影响因子，应该说还是有一定意义的，可以作为表征学术期刊的学术质量的一个指标。但这一指标能否沿用到人文社科领域呢？国外学界其实一直存在很大的争议。由于社会科学研究的问题有相对集中的时效性，学科的外延也比较清晰，在研究方法上也多有依赖调查统计的一面，因此引入影响因子的概念或可提供一定的参考价值。近年来国外一些重要的社会科学学术刊物也开始发布关于影响因子的数据。然而，对于人文学科期刊来说，影响因子的划定究竟有多大的意义，究竟能不能表征刊物的学术质量，却实在应该打一个大大的问号。

不要忘了影响因子的概念有这样一个基本的假设：即科学的发展是后人在前人认识基础之上的创新。为此，有价值的科学论文发表后的一段时期（通常认为是两年），是论文被引用的高峰期。基于此，当论文的数量是一个定数，引用年度又规定为两年，那么，这个时间段内被引频次的多少，即反映了这篇论文的学术思想传播的广度和深度。然而，文学、历史、哲学、宗教（神学）等人文学科却与自然科学有一个非常显著、甚或可以说是根本性的区别：由于它更多的是人的一种观念形态的认识，该认识的真理性就突出地表现为一种假定性——我们对某种人文意义的首肯以及所作的价值判断，其实很多时候并不基于它与某个客观的现实是否吻合，是对还是错（这种吻合或对错是无法测度的），而纯粹就是一种观念的改换；是故人文学科的论文价值，它的继承和创新并不是一种后浪推前浪的线性推进，它更多的是对一种共时性认识的描述。论文中对某个前人观点的引述，与其说是被引作者的影响，毋宁说是引证者为发挥自己的思想而对前人的驾驭，因此，这与自然科学中的继承和创新根本不可同日而语。不知 CSSCI 指导委员们以为然否？

2008年第3期

每期付印前的最后一项工作，就是从所发论文中选几篇作为封面文章。此事看似简单，有时却也让人犯难。因为能上封面的，本该是这一期当中最出彩的文章，可"学术"毕竟不同于码字儿，不能按斤按两地称份量，所以要符合"学术"的标准，实际上就还得回到对什么是"学术"作出界定，并对自己的"见仁见智"再费一番口舌的老路上。

前年我们外文所的网页改版，版主让给刊物写几句主编寄语，其中曾谈到"学术"是一种"发现问题、激励思考、积累知识"的智性活动。我觉得"学术性"的论文，大体应满足三条要求：一是"提出新的问题"，即通常所说要有"问题意识"；二能"激励思考"，即所提出的不是一般问题，而是能给人以启迪、激励人思考的有价值的问题；第三，要体现出一种学术的积累。我们现在都爱讲"创新"，然而学术问题的讨论，不能动辄就是"填补空白"——盘古开天辟地第一回。现在特别欠缺的一点，是把自己的学术"起点"亮清楚——把迄今为止学界对你所认为的"问题"研究到了哪一步先给讲清楚了，所谓的"创新"才能有起码的保证。当然，落实到某一篇具体的论文，它也可能会有自己的侧重。有的更偏重于"批评"（criticism），有的则更偏重于"学识"（scholarship），但不论是"批评"，还是"学识"，有一点不可或缺，那就是都离不开对作品本身的"解读"（reading）。

编者说这番话时，心里其实已经有了一个例子。这就是本期第一篇封面文章——高晓玲博士的《"感受就是一种知识！"》。这几年乔治·艾略特研究的明显升温令人可喜，然而，更可喜的是，高晓玲没有嚼别人嚼过的馍，而是对艾略特如何参与那个时代的认识论话语建构这一非常重要的问题，做了别开生面而又相当深入的探讨。美国纽约大学唐纳德·斯通教授曾兴奋地告诉编者，高的这一研究与当下英美学界的关注完全同步，所提出的观点及对于艾略特文本的考证，即使置于当下英美学界，也可以说具有发前人之所未发的价值。为撰写这篇论文，高专门从美国普林斯顿大学图书馆借到了研究艾略特这一思想的关键性一手资料，从而坐实了文中所提论点在艾略特思想演变过程中的重要性，而更值得赞许的是，作者对于艾略特文本那完全属于她自己的细致解读。说到对文本的"解读"，编者对段枫博士一文亦非常推崇。她真的是从文本叙述视角和聚焦的变化中，读出了太多稍纵即逝的意义。至于如何判断一个好的解读，窃以为"以论引叙，叙中有论，叙论合璧，言之成理"即是标准。

对于启蒙运动和启蒙理性的反思，原本是与启蒙共生的话题，然而近年来，它又异军突起，成为欧陆思想界、学术界关注的一大热点。余杨博士对君特·格拉斯在小说中反思启蒙辩证法所做的分析，吴建广博士把以往认为是弘扬人本主义的《浮士德》，读作"被解放者的人本悲剧"，都涉及这个既古且新的主题。不过，编者或可建言：我们亦不必仅从个人认识的角度来理解这种反思。人之所以能对自己的认识和行为进行反思和纠偏，难道不正是人类特有的一种美德？正是在这个意义上，但汉松对品钦《反抗时间》试读一文，也可纳入这个话题。古往今来，所有关心人类命运的人其实都可称作人文主义者。当年的歌德，今天的格拉斯以及大洋彼岸的品钦，莫不如此。与哲学家、历史学家、社会学家一样，文学家们也一直在以自己的方式就人类认识的种种盲区发出警告，所不同的是，他们的警告是全景式的，更带有感性，但是——必须经过阐释才能被领会。

2008年第4期

本期刊发的哈佛英文系兼比较文学系主任詹姆斯·安格尔（James Engell）的《人文学科的重要性：主谈英语文学》，是年前的一篇约稿。去年此时，中国外国文学学会的英语文学学会在北京大学举行成立大会，安格尔教授应邀赴会，并做主旨演讲。按说在这样一个场合，他来出席一个他在其中并无任职的外国学会的成立大会，那也就是礼节性地表示一番祝贺，至多再谈点英语文学传播和研究的现状罢。但没想到的是，安格尔教授却是有备而来，他就当下人文教育的危机、文学被日益边缘化的困境，特别对我们这些从事文学教学和研究的教师和学者应有怎样的一种使命感、肩负起怎样的责任等我们也在频频议论的问题，高屋建瓴地作了透彻的阐述和分析。本来看似是一个老生常谈的话题，被他讲得新意盎然。文学史上的先哲逐一被请入当下的语境，重述他们代表着人类最高智慧的见解和看法。

　　其中涉及文学（人文）教育的功能一点令编者感触尤深："一个社会，若以为不对人文学科有任何的研究就可以制定出诸项道德的条文，它便忽视了它的文明传统的最终根基；等到一个人成了律师或医生，或等他已坐上一个企业或机构的领导位置的时候，才冷不丁地要他从某个讲习班上学点伦理道德，那未免就太迟了。"今天，当奶制品掺毒、华南虎假照、中国足球"崩盘"等风波渐渐离我们远去的时候，我们的政工人士、社会学家一个个都在忙于总结这些事件的经验教训，发掘这些丑闻的深层次原因。孤立地看，你当然可归咎于事件参与者的道德败坏，然而，当这些事件不是接二连三，而是数不胜数地发生的时候，人们便不得不得出结论：此乃整个社会的道德教育缺位所致。也许有人会说，我们道德教育的"灌输"不是始终在进行吗？这话当然也不假。不过，事实证明，人的道德观念的确立主要靠"养成"，而不是"灌输"。"灌输"的结果，只会是"这个耳朵进，那个耳朵出"，而不会"入心"又"入脑"。要达到后一种结果，文学教育或许才是最有效的途径和帮手。其原因也恰如安格尔所说，文学是"以一种复杂的方式对世界进行道德的探索"；说它复杂，则是因为它不会对所探索的问题给出一个现成的结论。它只会以一种不断提问的方式，让你自己对问题做深入的思考，自己去得出应有的结论。而这样从文学教育中悟出的道理，才真正会成为你做人所奉行的准则。我们缺少的恐怕正是这种让自己思考的机会。而正因为如此——这也是安格尔所说，文学教育又不能保证你接受了教育就一定不做可怕的事情。

　　走笔至此，编者不禁想起了前些日子发生的一件事。我的一位从事文学研究的朋友，寄来一篇采访康奈尔大学资深教授埃瑞克·契费兹的访谈录。契教授是新近出版的《哥伦比亚美国印第安文学指南》的主编。为证明访谈是他所为，他还特别附上了一张与契教授围坐壁炉边晤谈甚欢的照片和一张契教授所寄《指南》的照片。然而令人大跌眼镜的是，你只要在网上稍加搜索，便可发现这篇所谓的访谈，其实是哥大出版社为推销该《指南》而撰写的一篇问答。我这位朋友居然就把人家这现成的介绍拿将过来，一字不差地译成了中文（最后增加了一个鸡零狗碎的小问题），作为自己的成果要求赶在我们刊物的今年最后一期上全文发表！还说有了这个成果，他"明年报国家社科项目"就有了"支撑"……呜呼！编者无言以对，只好以这种方式满足这位朋友的要求，立此存照。

2009年第1期

新年伊始总要说点"新"事。为了促进外国哲学社会科学的繁荣发展，我院实施"学术名刊建设"计划，对院属学术期刊加大了资助力度，使我们的办刊条件大为改善。诸位面前的这份《外国文学评论》，于是在新年里就做了一点"整容"。为表示对历史的继承，刊物颜面未作大动，但版式、纸质、定价（当然还有今后发给作者的稿酬），都有明显的变化：开本的设计按国际学术刊物的通行尺寸，裁切得略微玲珑一些；印张增加到过去的一倍半，由160页变为现在的240页，这样一册在手就多了点厚重感（但愿刊物内容也能如此）；正文版式也有变化，由过去稍显局促的双栏排版变成了现在的通栏；而为了方便读者检索引文出处，注释也由尾注改成了脚注。记得在2001年，我们曾刊登过一个比较详细的注释体例，这次趁着改版，我们参照美国MLA新修订的规范，对刊物的编排体例又做了一些变更。调整后的体例，尤其是涉及外文原著引文的注释格式，将比过去更加清晰、简便。2009年新订排版规范已在本期刊出，敬请各位作者、读者仔细阅读，并相互转告。

既然提到注释规范，索性就多说几句。严格的引文注释是学术论文、刊物必须遵循的学术规范，唯此论文和刊物的学术质量才能得到保证。本刊一向严格治学，业内有口皆碑，但我们自己却心中有数，不敢矜夸。因为真的要让内行来挑眼，那种"猫盖屎"式的做假肯定能找出不少。这个问题对于我们这些大多依靠外文的第一手资料、从事外国文学研究的人来说，则更是需要引起警惕。有的文章，其实连议题都从国外学者那里搬来的，可就是不肯承认，更有甚者，有的还要掠人之美，硬说是自己的发现，以逞"创新"之能。有些文章，看上去好像注释齐备，但明眼人一看便知，那不过是采取了"注头不注尾"的办法——对明显借来的论点给一个出处，而人家后面大段的论证、举例，则堂而皇之地当作了自己的研究所得……

也许是近年来学术队伍更新换代的缘故，一些初涉文坛的作者对注释的目的不甚了解，以为文章只要注释满满，即表示所下功夫之深，于是连出自辞海、百科全书的名词释义也不放过，每三五句一注，俨然一副"无一字无出处"架势；还有的则喜好引文连缀，洋洋洒洒一大篇，可你看了半天也不知哪句是他自己认识的依据。我们过去曾多次强调，引文注释的基本目的只有一个，那就是要标明学术传承，当然这也是我们对前人研究成果的一个起码的尊重。人文研究虽然在大多数情况下只是反映我们思想认识上的一种变异和深化，但它也与自然科学研究一样，任何新的认识的产生，都不能脱离前人奠定的思想基础。当然，那些已成为人类公共智慧的思想，或一些普及性的常识，一般百科全书或词典都有介绍的，也就无须再占用注释的篇幅了。然而，那些与你所讨论的问题直接相关的前人的认识，那些对你的论点产生了直接影响的思想和论述，则是一定要注明出处不可的——这里的进退取舍，其实对从事学术研究的学者来说，本属于很容易就做出判断的常识。

要跻身"学术名刊"，关键的一条就是要保证刊物的学术质量。刊物的质量靠什么？靠所发论文的质量。但是，这几年编辑部收到的稿件成倍地增加，而高质量的论文比例却越来越小。那么，我们心仪的高质量论文究竟应该是怎样的呢？我们曾多次说过，好论文首先要有"问题意识"，这是一篇论文所要达到的学术目的；其次要有"文本阅读的积累"，它包括对所论作品本身的阅读以及对相关评论的阅读；除此之外，还有一点就是必须紧扣所论议题，在对你所阅读的材料作深入细致思考的基础上，提出你自己的独到的看法。用这样一个标准来衡量，我们外国文学研究中的许多文章恐怕只能说做了一半——仅仅停留在对别人看法的转述上，论文所缺少的另一半，那就是作者自己的想法。现在"创新"、"填补空白"一类的口号叫得很响，可是人文学科不同于自然科学，它并不是以一种新的、正确的学说去取代一种旧的、被证明是错误的学说，而更多的是一种认识的沉淀、深化、不断吸收新的营养、不断扬弃更新的过程。基于这个原因，我们其实并不要求所刊登的论文篇篇都发前人之所未发，而是希望每一篇论文都切切实实有一点自己的想法。而从这个意义上说，本期发表的江弱水的《互文性理论鉴照下的中国诗学用典问题》一文或许具有特别的示范意义。

"互文性"的问题是上个世纪的"文论热"中冒出的一个新概念，此后国内从事西方文论研究的学者曾做过不少的介绍和阐述。但是坦率地说，这一理论概念也就像当年哥伦布立鸡蛋那样，其手法一旦被点破，它的那道神秘的光环也就顿然消失，再没有多少可以延伸发挥的余地。关于中外文论如何沟通、相互发明的问题，长期以来一直是国内文论界热议的一个话题。然而，既精通西方文论，又熟稔国学典籍，能像钱锺书先生那样在中西互文空间中穿行者，我辈从事中西诗学比较的学人中则很少有人能做到。江弱水一文的不同凡响，就在于它起笔就把那些有关互文性概念的历史引述和比对踩在脚下，径直迈入中国诗学的领域，对我们自己文学传统中存在的与"互文"现象相仿的"用典"（"用事"）问题进行深入的考察和分析。迄今为止人们所见有关"互文性"的讨论，基本上都止步于对克里斯蒂娃、巴特、热奈特等结构主义文论家所谓"任何文本都是对前文本的吸收和转换"的指认和铺陈。而这种旨在发现和指认前文本的努力，很大程度上都成了文学影响研究的一种变形。江文则高人一筹地指出，中国古典文论中刘勰、钟嵘以降关于是否要用典、如何用典才能获取新意的讨论，其实早已超越了西方文论中"文即织物"一类的互文理论命题。不仅如此，论文通过对李商隐在诗歌中用典的分析，证明了中国古典文论对这一问题的讨论并不仅仅着眼于"取事"、"用事"这些互文现象本身，而是在一个更高层次上对审美价值不同的"互文"现象加以鉴别和评判。刘勰在《文心雕龙》中强调"取事"必须"用旧合机"、"用人若己"；王安石则主张"自出己意，借事以相发明"，而诗人李商隐的"用典"正是达到了这样一个境界——他"让许多不同的文本像橘瓣一样聚拢"，"以己意与原典相互发明"，取得了"化堆垛为云烟"的效果，故而被誉为诗中上品；而当代西方文论中所谓的"马赛克式的再构造"或"织文"一类的"互文"现象，则因为缺少审美价值判断而大多停留在王荆公所讥讽的"编事"的水平。编者认为江文的这一发现和认识，意义非同小可。它不仅有助于我们对过去的那种对于"用典"的一味贬抑——甚至也包括对于钱锺书先生对"用典"的批评——重新做一番掂量和思考，而且，这一认识对于西方文论中的"互文性"理论来说，无疑也是一个积极的补充和推进。

2009年第2期

近日本刊编辑部收到读者来函，一是认为江弱水《互文性理论鉴照下的中国诗学用典问题》一文属于讨论中国文学的文章，只不过用了西方理论作参照，因此对此文在本刊发表是否妥当表示存疑；二是觉得本刊所发文章，有些乍一看标题和内容似乎很"新"，但观点、材料和批评在国外都已是学人皆知，于是断言这些文章都不过是将国外的观点贩到国内，有点"像国内某些汽车制造商，靠着翻译国外废弃的资料，打造自己的汽车"。对于这位读者的善意提醒和关心，编者谨在此表示诚挚的感谢，但同时也想借此机会对所提问题稍做一点解释，因为在编者看来，这位读者在这两个问题上的认识都有一定的偏颇，而这两个问题实际上又都关系到我们外国文学研究如何进一步地深化和提高。

关于江弱水一文在本刊发表是否妥当，上期的编后已做了说明。这里或可再补充一点：中外诗学理论的比较，实乃比较文学一项非常重要的内容。这些年，比较文学有点给人以踟蹰不前的感觉，而如何让我国的传统文论与西方文论接轨，使老树重萌新葩，是从事传统文论研究者长期以来的一大愿景。然而多年努力下来，成效似并不显著。编者认为，个中最大的障碍，就是中西文论两大体系的概念没有能打通。因为中西方文论若希望能交流起来，至少应对各自概念的确切所指和价值取向有一基本的了解；双方的概念是否相交重合，倘若存在着差异，其具体的表现又如何？只有弄清楚这些，比较和沟通才具备起码的条件。然而，坦率地说，即使是这最初一步的迈出，对目前国内学界来说又谈何容易：我们从事西方文论研究的学人，往往对中国文论是一窍不通或略知皮毛；而从事中国文论研究的，绝大多数又因受外语能力的局限而不能洞悉西方文论的堂奥。江文的长处就是将西文"互文性"与中国传统文论中的"用典"在概念上打通，并发现中国文论中对"用典"在审美价值上的高下优劣有严格的判断，而这恰恰又是西文互文性讨论中的弱项。

关于第二个问题，编者觉得这位读者有点过于笼统地抹杀了国内学界所取得的成绩，故而有进一步说明的必要。这些年我们是在强调所谓的"问题意识"，希望研究者要提出"新"的问题，但是这种"新"，千万不要理解为"见所未见、闻所未闻"的意思。人文学科所关注的"问题"，其实都是我们人类向自己提出、但始终未有定解的"老"问题，为此钱锺书先生甚至有"复古本身就是一种革新或革命"的说法。人文学科的"创新"，其实也就是在"继承"传统的基础之上，达到对于现有认识的一种更新或深化。作为一篇具体的论文，要对这样的大问题作出全新的回答，显然是不可能的。于是我们只能选择再选择，选取一个我们能够说道点什么的小话题——对于从事外国文学研究的学人来说，我们就得选择某一个作家，或一个作家的一部作品，但即便这样，题目还可能太大，还会遇到"前人之述备焉"的尴尬，于是我们只得再进一步压缩范围，选择其中的某一个问题，来发表自己的一点见解。而在这样的一个过程中，对于前人观点的梳理不仅不可避免，而且不可或缺，这是你提问和思考的一个起点。但这里必须注意的是，我们应该对启发自己提问的"前人之述"给予清晰的交待，哪些是人家的启发，哪些是自己的贡献，该谁的就是谁的，账面上分得一清二楚。如果做到了这样，我们还能说这种文章是在贩卖别人现成的观点吗？审察我们刊物发表的文章，大多数还是兢兢业业地在这么做的，这应该是一个基本的事实。

既然说到"观点"，编者觉得还有一种情况需做一点澄清。一篇有价值的论文，其实很多时候并不仅仅取决于所谓的"观点"；真正的困难，真正有价值的尝试是如何把一个观点用于你的研究对象，让你的这个观点能够落实、成型、化作具体而新颖的批评见解。当我们采用所谓的"神话原型批评"或"精神分析"、"女性主义"、"新历史主义"……的观点来解读和分析一部作品时，我那个批评的"视角"，即所谓的"观点"，的确在"国外早已是学人皆知"，然而，这并不意味着这个观点我们就不能再用，用了就是步人后尘，了无新意。格林布拉特用所谓新历史主义的批评视角对莎士比亚做出新的阐释固然令人啧啧赞叹，但你若能把这种观点运用于另一部作品，读出迄未有过的新意，那也毫无疑问是你的一份学术贡献。我们并不会因为新历史主义的"观点"已为大家所熟知，就抹杀你所做这一切的价值。相反，编者倒是觉得，文学的批评和研究，即便在同一种观点的平台上，也是分为不同的等次的："照着说"是下等，"接着说"是中等，而若能"对着说"，或"另辟蹊径地说"，说出一点你自己的不同见识，那才算是上等。而真的要达到这一步，单单一个"观点"是不解决问题的。我们要想说出一点自己的见识，那不仅需要不断更新自己的知识结构，提高自己分析思辨的水平，改进自己驾驭语言的能力，而且，扯得再略微远一点，一个人还需要有丰富的生活阅历。说实话，现在的不少的文章基本上都属于从课堂和书本中讨生活的那种，让人一看就觉得缺了点什么。掩卷一想，那缺的不是专业性的训练，而是生活的历练。缺少了后者，则决然不可能获得对于世界和生活的深刻理解。

上一期有关注释的问题，编者忘了还有一种注释不到位的情况：即有的作者在从二手参考书引用文献信息时，往往会忘记注明是"转引"，让人误以为是作者自己第一手的发现，这也是一种学术上不够严谨的表现，在此郑重提出，以期引起重视。

2009年第3期

一直想谈谈"学术研究中的人文关怀"问题。

但话到嘴边总又收住，怕引起将人生诉求与学术思考相混淆的误解。编者其实绝对没有这样的意思，但心底又总是觉得，既为人文学者，就应该要让自己的学术体现出一种更高层次的人文关怀。那么，这两者的关系究竟应该如何拿捏？而取得平衡的"度"又在哪里呢？

就在这一期截稿的当口，编者在 7 月 11 日上午得知季羡林先生仙逝的消息——我们外国文学界的又一位，也许是最后一位泰斗级的学者——走了。我面前是一帧先生摄于九十年代末的照片：身着藏青色卡其布中山装，头戴一顶细绒线帽，先生站在家门口不远处的季荷池边，笑吟吟地望着眼前的世界。一介书生，儒风道骨，这正是老人家多年来一直留在编者心目中的印象。凝视先生的遗像，几次与先生交谈的往事断断续续浮上心头，而就在这样一种充满崇敬和感动的回忆中，学者应如何秉持人文关怀亦有了一个活生生的答案。

在 2003 年先生离开朗润园搬进 301 医院之前，编者夫妇每年春节或节假日都会上门去看望老人家一两次，坐一坐，聊一聊，先生如没有另约客人，我们便可多坐一会儿，直到他的家人或秘书催他用饭，我们才不得不识相地告别离去。但正是通过这样一种闲聊，先生在治学和为人方面给了我们受用终生的启迪。

先生给我们最深的印象或可用"清心寡欲，一心向学"八个字来形容。因为我们后来大多是在冬天时分见他，我们就觉得他好像一直都穿着这身今天已很少有人再穿的中山装，因为朗润园的房子属于老式的住宅楼，暖气烧得不是太热，所以即使在室内，他头上也总戴着一顶细绒线帽。先生对吃喝从不讲究，甚至可以说没有兴趣，烟、酒、茶好像都没有嗜好；但他的生活极其规律，基本上一直保持着晚上九点就寝，凌晨四点起床的作息节律。他说，这样当大家早上上班时，他一天的写作任务也就基本上完成了。每次造访先生回来，我们都为亲眼所见到的先生的生活感慨不已。先生晚年已身不由己地成为公众人物，每天都要接待这样那样的领导、学界同仁、各类媒体和南来北往的故旧好友，我们实在无法想象，耄耋之年的先生，在每天需要花大量时间打发这些俗务的情况下，竟还能数年如一日地徒步到北大图书馆的书库，从卷帙浩繁的故纸堆中爬梳所需要的珍贵资料，而最后，撰写出了一部长达七八十万言的有关中外古代文化交流的个案研究——《糖史》。但是，与先生闲聊时，他给我们的印象更多还是一个慈祥、健谈、世事洞明的老人——对后辈充满呵护和关爱。但每当涉及社会不公不义的现象，他又总是一如既往地嫉恶如仇。

每次闲聊，他都会问及社科院的情况。因为先生生前——至少到九十年代中后期——还一直是我们外文所学术委员会的成员，并担任着挂靠在我们所的全国外国文学学会的会长。今天的媒体多把先生描写成学贯中西、在人文社科各个领域均有建树的大家：中国语言学家、文学翻译家、历史学家、东方学家、思想家、佛学家、作家……但严格地说，先生的学术专工则应是以梵文、巴利文、吐火罗文等古语言文字，对东方古代文化进行考证性的研究。而这一研究不仅是一般意义上象牙塔中的小众研究，甚至可说是一种几乎无人以继的"绝学"。那么，先生又是如何在这种小众式的学问中体现一种博大的人文关怀呢？

记得有次与先生闲聊时，涉及对时下学界各种不同学问的看法。先生评价说，"若是看没有人看过的书做出的学问，还不能算是真本事，如果看大家都看的书，却能讲出别人讲不出的道理，那才是真本事"。此话虽是先生的一句随口漫评，现在看来却也体现了先生的一个一贯主张：即，学术上也不要做孤家寡人，而要使之成为众人的关注。在先生看来，做学问不能只为自己一个人做，也不能只让小圈子内几个人懂，而是尽量地要让更多的人懂。只有这样，才能使学术对国家和社会有用。让小众的学问为大众服务，这就是先生所抱持的人文关怀！也正是基于这个道理，先生曾几次委婉而中肯地对我们《文评》的学术定位和所发表的某些理论文章提出过批评。记得一次是说到《文评》给人的印象是纯搞理论的，言下之意是偏离了"文学"评论的正题；还有一次说刊物上发表的一些理论文章行文晦涩，让人看不懂。在先生看来，那些让人看不懂、甚至就不让人看懂的理论，说到底是没有用的。

不仅学问要为大众，而且要让尽可能多的人来做学问，这是先生为学为人的一贯主张。先生曾戏称自己"研佛而不信佛"，然而老人家在奖掖后学，提携新人方面，却大有一种"普渡众生"的菩萨胸怀。只要能帮忙，他从不推辞。而最令人感动的，是他真的能做到永远把人往善处去想。我们不知是否有人会假先生之善心而利私，然而我们从与先生有限的接触中则一再感受到，先生对待年轻人的宽容大度、循循善诱，着实达到了无微不至、无以复加的地步。先生是个

"受滴水之恩必以涌泉相报"的人，他曾满怀感激之情在文中叙写当年如何得陈寅恪先生的推荐而入聘北大一事。而有幸的是，笔者之所以有今天，其实也直接受惠于包括先生在内的诸多前辈的提携。上个世纪八十年代初，我人生第一篇稍许像样的论文就是在先生时任主编的《国外文学》上发表的，据当时也是编委之一的朱光潜先生后来告诉我说，正是季先生、朱先生和杨先生等，决定将我这个刚获得硕士学位、籍籍无名小青年的文章放了那期刊物的首篇。此文对我日后进步所起作用当是不言而喻的。但多少年来，笔者一直将此提携大恩铭刻在心、将先生的为人奉为楷模，却从来不敢当面向先生提起。现在先生已驾鹤西去，谨借主编刊物之便将这一珍藏的记忆付诸笔端，以寄托对先生不尽的哀思。

2009年第4期

写完这篇"编后记"，笔者便要正式为自己的编辑生涯画上一个句号，离开这足足供职二十年的《外国文学评论》了。

时光荏苒，一切都好像是发生在昨天：1989年北上进京——来外文所报到——老所长张羽向我介绍"文评"编辑部情况……套用小沈阳的话说，那就是"眼睛一闭，再一睁，整整二十年就这么过去了！"

二十年，说来也不短。刊物的作者群已经换了好几茬——不少作者，我们看着他/她一步一步从研究生、讲师晋升为副教授、教授，担任某重要课题的主持人，成了某单位的学科带头人……但对于包括我在内的编辑部成员来说，我们所做的好像只有一件事：与一篇篇稿件打交道——读稿、编稿、校稿、发稿——总共读了多少篇，已没法统计，但可以这么说：就我个人而言，刊物发表的每一篇论文恐怕都不止一次地经我过目，甚至大多数用稿最后的文字定夺，也每每有我些许的贡献。当然与作者也有不少的交流，但一般都是通过信件、电子邮件或电话。说来惭愧，许多作者都是在文章刊发多年后偶然谋面才对上号的，而大多数的作者我至今也不认识。不过换个角度说，这样一种单纯的学术关系，或许也正是我们长期以来能排除各种非学术因素干扰、真正做到"以文录用"的一个保证。

二十多年来，这份刊物的办刊宗旨也一直非常的谦卑和单纯：坚持"以学术为本"，使之成为汇集外国文学研究最优秀学术成果的一小方园地。坦率地说，笔者向来不看重"核心期刊"、"权威期刊"一类的名号，因为在我看来，"学术"本应是一种"发现问题、激励思考、积累知识的智性活动"，其最终价值就是看它能否就一个与我们有着这样那样相关性的问题来更新我们的既有认识，因此"学术"与"权威"从来是格格不入；但要参与学术活动，就必须讲究学理，呼应学术沿革，遵循学术的规范。我只是想让这份刊物做得更专业一些，规范一些，仅此而已。于是，我们对选稿方针略作调整：不再刊发那些天马行空式的突发奇想，不再刊发那些只在重复而没有学术推进的应景文章，不再刊发那些满篇概念术语而缺乏深入思辨的高头讲章，当然，我们也有意识地与那种名著赏析式的讲稿拉开了距离。这以后，我们在各个不同的场合，也通过实际刊发论文的示范，反复地强调论文选题必须要有问题意识，必须要有论者自己的思考，强调论文必须起到某种推进学术的作用等等。编者欣慰地发现，这些年我们刊物上所展现的国内学界面貌，真的在发生令人可喜的变化：我们所发表的论文，批评的主体意识越来越明确，评论者的目光从早先较多的"仰视"，渐渐转为"平视"，越来越多的文章已不再满足于对国外动向的介绍，而是学会了抽丝剥茧、层层深入式的分析，明显体现出一种以我为主的把握……

今后还会怎样？这已不再是我要考虑的问题。要说对这份刊物——我毕竟曾为之付出心血的学刊——有什么希望，我想了又想，最后还是忍不住就说这么一句吧：在学术的品味（品位）上再提高一步，如何？

2010年第1期

第二次世界大战爆发前夕，英国《泰晤士报文学增刊》编辑汤姆林森在一篇社论里写道："如果文学不复存在，欧洲的灵魂也就随之消亡了。"他把文学和人文学术比为一盏明灯，并表示该刊将克服困难，"一如既往地照料好这盏明灯，并为心智的堡垒配备人员"。我想，用这比喻来看《外国文学评论》的工作也是合适的。多年来，盛宁先生凭他的眼力、学识和责任感照料了这盏明灯，并且以他坦诚平实的方式不断为人文学术的"心智的堡垒"配备不同年龄层次的人员。本刊还将继续强调学术品位，增强问题意识，与各位同仁以及诸家姐妹刊物一起，使我国的文学研究之灯长明不熄。

　　这期稿子即将付印的时候，传来美国作家塞林格逝世的消息，由此想到《麦田里的守望者》中霍尔顿对身边无处不在的财神的诅咒："该死的钱。"（"God-damn money."）也许，钱或者各种"激励机制"正在影响乃至败坏我们的学风。不久前，新任教育部长袁贵仁表示"决不让腐败玷污学校"。为了保持本刊风清气正的传统，我们受国际学术期刊《晶体学报》的启发，也想建立一种撤回制度：不管何时发表的文章，一经证实主要内容系抄袭，那么本刊将发表撤回声明。中国外国文学学会在处理这类问题时将发挥积极作用。

　　最近收到两篇属于翻译或译编的来稿，但是原文作者的名字不见了，译者变成了作者。这种做法的性质，大家心里都明白。那两篇受侵害的文章分别是："Manet, James's *The Turn of the Screw* and the Voyeuristic Imagination"，作者 Daniel R. Schwarz，载 *The Henry James Review*，Vol. 18，No. 1（1997），pp. 1 - 21；"The Construction of 'The Romantic Movement' as a Literary Classification"，作者 David Perkins，载 *Nineteenth-Century Literature*，Vol. 45，No. 2（Sept. 1990），pp. 129 - 143。一旦读书作文完全出于功利，这种现象就难以根绝。

　　霍尔顿不爱读书，但是他的创造者塞林格却使我们更爱读书。虎年将至，还是让我们共同来欣赏一段出自另一位小说家的吉祥文字：

　　　　然而，又有谁阅读是为了达到某种目的，无论这目的是多么可取？一些活动，我们参与其中，难道不正是由于它们本身值得我们去参与？……我有时梦想着，最后的审判来临的时候，那些伟大的征服者、律师和政治家前来接受他们的奖赏，他们的王冠，他们的桂冠，他们镌刻在不朽的大理石上的名字。而当全能的神看到我们胳膊下夹着书走过来时，他会转向彼得，以不无羡慕的口吻说："瞧，这些人不需要奖赏。我们这儿没有什么东西可以奖给他们，他们总是喜欢阅读。"

　　这是弗吉尼亚·伍尔夫天籁般的声音。谨以这段借来的文字问候读书人，问候本刊的旧雨新知，祝大家春节期间读书愉快。

2010年第2期

　　上一期的《编后记》点到个别来稿涉嫌剽窃，并且"公示"所窃英语文章的题目、作者和来源。虽然这一举措在学界引起一些积极的反响，但是它的威慑力要显现出来还需一些时日。最近，类似的"编译稿"依然在冒犯我们的智力，耗费我们的时间。无路可逃才想铤而走险，太平世界何必慌不择路？读书治学沦落到这等田地，也是令人感喟的。

本刊录用论文，一向不以资格、职称和学位为标准，这一期中论帕慕克《黑书》的文章就是出自一位硕士生的手笔。著名英国诗人、批评家威廉·燕卜荪的《七种含混》问世时作者只有24岁。这部著作是燕卜荪在给导师瑞恰兹的作业基础上完成的。瑞恰兹的思想观点和批评方法对这位从数学专业转来的学生多有启发，他对这本书做出了有形无形的贡献，但是他相信自己只是在履行导师的职责，绝对不会要求《七种含混》出版时署上自己的名字。当然，他即使这样做了，也是为了提携弟子。不过在他身处的社会，以这种方式奖掖学生，恐怕是不妥的。

提出这一问题，是因编辑部收到的稿件中，两人署名的文章越来越多，合作者多为师生，但是他们的关系也呈现出"多样性"，如夫妻、父女、父子等等。现在甚至出现了三人合作的稿件。为什么会有这样的现象？如此表示"团队精神"是否合适？这些问题还是留给大家自己去解答吧。我们以为这种趋势不应该听任发展下去。人文学科的研究不像理工科的实验，一般而言是素心人孤独的事业。今后本刊原则上只接受独著的稿件，还望投稿者多多配合。本期论里尔克咏佛诗的文章是两人合写的，算是例外，因为德语文学方面的论文实在短缺。

1995年，联合国教科文组织宣布4月23日为世界读书日。今年读书日过后一周，东京传来消息，村上春树的《1Q84》第三卷一出版就卖出百万册，可见热爱阅读文学的人还是为数可观，纸质图书仍然大有前途。半个世纪之前，某些貌似忧伤的人士悲叹"文学之死"，看来他们低估了文学特别是小说强劲的生命力和无穷的资源。巧的是本期林少华先生的文章所讨论的就是村上这部新作的前两卷。

如果小说在当今的市场还有很大的影响力，诗歌的地位确实是不如以前了。可喜的是在我国的外国文学研究界，诗歌这一文类依然享有很高的声望，这次登载的专论诗歌的一系列文章就是有力的证明。也许，爱尔兰诗人希尼笔下的山楂灯与现在社会上诗歌的处境约莫相似："过季的山楂在冬日里燃烧/这荆棘里的果子，用一线微弱的光，照耀着一个微末的人群/它对他们无所希冀，只愿他们能保存着/自爱的灯芯，使之不至衰灭。"冬日的枝头上残剩的山楂果究竟喻指什么，于此不必深究。但是我们阅读文学并将自己的读书心得写成文字的群体或许能以"微末的人群"自命。山楂果和欣赏它的人，都会发出光来。

2010年第3期

不久前翻阅某高校文科学报，发现所登载文章有一半是两人署名的。近年来这种"合作"现象正在悄悄蔓延。社会科学的调查研究或人文学科的大型项目，自然可以两人或多人参加，人文学者撰写论文，则不宜追求这种反映"团队精神"的模式。听任这一态势发展，恐怕不是我国学界之福。第二期的编后记曾说，本刊决定今后原则上只录用独著的稿件。一本杂志势单力薄，无法力挽狂澜，但是仍可以"独善其身"。如果广大的作者都"独善其身"，那么我们自然而然就"兼济天下"了。

读张哲俊先生关于"陶门柳"的文章时，曾想到柳树的种类。在京都平安宫的神苑，有一百八十多种配有详细文字说明的特殊植物，它们都是在日本古典文学名著中提到过的。小学生到园里参观，既学会了辨认植物，又对《万叶集》、《源氏物语》等作品产生亲近感。我国有类似的园林吗？为什么我们想不到做这种公益"小事"？不过神苑里这一做法还说明了日本人相信千百年来文字与实物的契合。本刊上一期《〈竹取物语〉与日本竹文化》一文关于辉夜姬化生之竹的考证多少让我们认识到日本学者对细节、文字与实物的痴迷。文学研究也可以呈现多样性。从简·奥斯汀的小说看当时英国人的穿着和饮食，那不也是很有趣吗？

由此联想到某些偏爱宏大话语、以"主义"或"流派"为纲的文学史。现当代开宗立派、发表宣言的人物及其作品往往是重点论述对象，而文学与物质世界的紧密关联却被忽视了。王筱芸在为扬之水的《古诗文名物新证》（2004）所写的《序》上引述了葛兆光在《中国思想史导论》中的观点：新的历史写作的关注点已经从精英思想转到生活观念，从王朝变动、政治事件转到生活样式的变化和衣食住行的细节。（显然这种转变受到了上世纪中期以来欧洲新史学的影响。）她接着指出，扬之水跨越学科壁垒，将考古实物、历史文献与文学艺术一并纳入视野，整合那些原本互不关联的文物、文本，在文与物相会的空白处，

"以作者对日常器物形态、用途的准确诠释,以充满感情和感悟的理解和会心,复原或曰建构充满现场感的古代日常生活场景"。长期以来,扬之水力图在文献、图像和实物三者的碰合处复原历史场景中的细节,通过小小的器物呈现丰满而精细的历史进程。改革开放以来,某些语言学的理论在普及所指和能指等概念的同时,割裂了文字与实物、社会、历史的联系,语言与外部世界的关系被置于括弧之中,而有些故作高深或浅俗的实验作品大受尊崇。据说罗布-格里耶逝世,我国反响最大,日报整版报道,这究竟说明了什么呢?使用理论的文章固然很好,读得多了不免纳闷:难道不能有别样的关注和兴趣吗?这期的《火车上的三四郎》一文提到夏目漱石笔下的人物三四郎还不习惯新时代的速度,他坐在火车上向外扔弃饭盒,引发出未曾料想到的事情来。小小的细节或许反映了社会的变迁。文章没有所谓的理论,同样写得耐看。但是没有对细节的敏感,就没有真正的阅读。

2010年第4期

美国剧作家阿瑟·米勒于1984年春应邀来华指导《推销员之死》的排演,他在工作之余观赏了一些中国戏剧。他注意到京剧的表演形式极其复杂、微妙,但是对剧中人物心理挖掘不够。他看了当时颇有名气的话剧《绝对信号》后发表了一通比较严厉的议论。该剧八十年代初在北京上演时,导演着力渲染的是剧中所谓的"主观化时空结构"(亦即表现形式),观众大概也是来欣赏(后)现代派新潮的。而米勒却说,《绝对信号》"沿袭了对心理漠不关心的戏剧风格",剧中表现了一系列的社会和道德意义,并没有表现出人物的内心生活,因此人物的行为缺少合理性;主人公是个沮丧、充满怨恨的人,"其心理发展如此天真,情节如此荒诞,以致最严肃的地方也惹人发笑"。米勒将这时髦的新剧归入情节剧一类,并怀疑作者是否摆脱了艺术服务于抽象教条的旧习:"缺乏灵活性的情节剧难以成功表现人类及社会的复杂性,很容易看出其中想象力的不足以及与实际经验的脱离。情节剧是一种专横的艺术表现形式,试图强迫观众对看到的情景做出结论,而不让他们自己探索其中的多重意义。或许……这里的观众过于简单。"(详见米勒著《"推销员"在北京》,新星出版社,2010年)。

"这里的观众过于简单。"这本是美国驻华使馆官员说的,米勒起初不敢苟同，但是他看了《绝对信号》后，似乎也觉得那句话并没有完全说错。观众过于简单，剧作家就难以感到对他大有益处的压力与期望；而粗制滥造的剧本又不利于观众心智的发育成长。更可怕的是坐在观众席上的那些热衷于戏台花样翻新的艺术界人士同样"过于简单"。

由此想到钱锺书先生。钱先生对外国文学阅读之广、见解之深在二十世纪的中国知识分子中间是极其少见的，而他的风格得益于外国文学也很多。他富有幽默感，好自嘲，这不是中国古典文学传统中固有的特点。然而他又反对把幽默标为主张。他如此定义幽默："幽默减少人生的严重性，决不把自己看得严重。真正的幽默是能反躬自笑的，它不但对于人生是幽默的看法，它对于幽默本身也是幽默的看法。"对于学问，他也能反躬自笑。他曾经说，赞美和毁骂一样，往往是盲目的，前者是无形中的贿赂，对作家影响更坏。但是人们很难拒绝赞美，因为"人的虚荣心总胜于他的骄傲"。不过"骄傲"是不是绝对好呢？他曾对一种"不自觉的骄傲"作过辨析，并如此评说那些自以为献身理想的人："最初你说旁人没有理想，慢慢地你觉得自己就是理想人物，强迫旁人来学你。"

钱先生从来不会假作谦虚，也不会自命清高。他不写回忆录，因为他认识到，回忆靠不住，某种心理功能经常和我们恶作剧，一旦给它机会，我们就受捉弄。他说："我自知意志软弱，经受不起这种创造性记忆的诱惑，干脆不来什么缅怀和回想了。"自己与自己保持一点距离，这是一种我们以往未曾认识的优秀品质，其实用钱先生的话来说也是"超自我"的精神："他能够把是非真伪跟一己的利害分开，把善恶好丑跟一己的爱憎分开。他并不和日常生活粘合得难分难解，而尽量跳出自己的凡躯俗骨来批判自己。"中国文学传统中那些自诩为香草美人的"狷介之士"其实不具这种精神。钱先生的学问是一根标杆，可以测量我们的不足与欠缺；他的见识和幽默则是一道光焰，可以照亮我们内心深处一些黑暗的曲里拐弯的皱褶。提到钱先生的学养，是想强调一下，他的很多隽语来自他对自我的警觉，来自他对复杂心理活动的洞察。这种警觉和洞察，今天的学界依然鲜见。我们伦理语言的相对贫乏，或许与此相关。

钱先生写过魔鬼，那位地狱的使者简直称得上心理大师。牛津大学的 C. S. 刘易斯也是熟谙魔界种种心理战伎俩的。他的《魔鬼家书》收有 31 封大魔鬼写给它侄子小魔鬼的信，内容都是如何从生活中最不易察觉的细节引诱"病人"（即常人）背弃仁爱公正之道。书中逻辑论证之细密，心理分析之精妙，实在是人间少见。刘易斯是杰出的学者、批评家，还是令人生畏的论辩家，然而在我国，他只是以儿童文学《纳尼亚传奇》的作者闻名。这一期刊用了评述他学术成就的文章，值得推荐。刘易斯说的"他者"并不具后殖民理论中"他者"的含义。他强调我们在阅读、写作的过程中必须隐去主观自我，认识、接受并敬重与固有的自我立场相对应的各类"他者"，比如对应于读者的作者与文本，对应于作者的读者与群体意识，对应于当下自我的历代传统。他希望我们能够在公正与仁爱的引导下"走出自我，修正其褊狭，疗治其孤独"。"去我"（unselfing）也是本刊第三期论英国小说家、哲学家默多克文章里提及的。刘易斯的"他者"论里或许藏匿了基督教的关怀，但是它又超越了任何宗教（比较日内瓦学派理论家乔治·布莱的"认同批评"）。

刘易斯和利维斯以降的批评家不同，他坚持读者是文本的奴仆，而不是文本的主人。他推崇"让自我让道"的原则，提出读者、批评家必须对作品尽本分。为了撰写《十六世纪的英国文学（不含戏剧）》，他几乎读遍牛津大学莫德林学院图书馆里的十六世纪英国文学的馆藏。对没有读过的作品，他从不发表言论。以这种专注而谦卑的态度写文学史，在他看来是理所当然的。

去年秋天到编辑部工作，以为不久的将来会在这岗位上退休，于是生出一些想法来，准备慢慢实施。但是前几期的编后记还没有把"开场白"道完，现在却在写告别辞了。外国文学研究界真正的问题是什么？为什么我们介绍某种主义的论文很多，而真正使用相关理论来解读作品的文章却很少？我们太容易接受别人的引导，然而不见几个死心塌地的追随者。有些解读也带着二手的痕迹，因为那些用来说明问题、推进论说的作品引文往往已经被其他学者引用过了。我们的感受力还比较粗糙、稚嫩，我们还不太善于凭自己的眼力发现问题，寻找例证。还是阿瑟·米勒所说，是不是我们自己也是"过于简单"？

钱先生曾批评有人"对自己所学的科目，带吹带唱，具有十二分信念"。我们当然要学会复杂，但在热爱自己所做工作的同时，又不能把它看得过于重要，不然就容易自以为是，高视阔步。末了，还希望自己今后再出现于这本刊物，不是作为编辑，而是作为作者。再见。

2011年第1期

在最近的来稿中，有一篇以"外国文学研究的危机"为研究个案谈论"人文精神的衰微"的长文。这位忧心忡忡的作者将他诊断的症状写满了整整十页纸，且辅之以图表和大量统计数字（于是，这篇旨在反对文学研究的"非文学化"倾向的文章就险些成了这种倾向的一次极端的实践）。总之，在该作者看来，危机之所以发生，在于我们的外国文学研究者不像以前那样专注于"文学文本自身"。他尤其指控"文化研究"致使外国文学研究陷入"理论"之后的又一歧途。这大概是因为"文化研究"不像钻石商那样在放大镜下缓缓转动济慈的《希腊古瓮颂》，陶醉于它的每个细小的切面发出的熠熠光彩，或着迷于乔伊斯《死者》结尾处诸多以字母"f"打头的英文单词所发出的雪片飘落的干涩的微声（在文化研究者看来，这却可能是"反人本主义"的形式或技术拜物教的一种形式），而是大谈工业、殖民、性别、阶级、统治、权力结构、流通方式及"再生产"等等，且谈着谈着就与"文学文本"不沾边了。文章最后，这位危机论者再次呼吁"回到文学文本自身"。

"回到文学自身"就是回到西方十八世纪以及——作为西方全球扩张的结果——中国清末以来形成的"分科"制度，自那以后，本来囊括几乎一切书面文字的"文学"才被限定于诗歌、小说、戏剧等少数"创作性"文类；"回到文学文本自身"则进一步将每个文学作品视为一个孤立的自足的存在。在"科学性"压倒一切的时刻，一些文学研究者为证明文学研究的学科合法性，发誓要像科学家观察矿石标本那样研究文学文本，一次次调短焦距，直至文本占据整个镜头，为此丢掉整个世界及其关系也在所不惜。

可是，要使原野上的一棵树成为风景，就必须将整个原野纳入视野。这棵孤零零的树只有在"关系"（不仅指自然地理关系，更指使这种地理关系得以建构起来的社会地理关系）之中才能被建构成一道"自然风景"。分科化和局部放大，导致整体历史观的丧失，并使不同领域之间千丝万缕的关系在意识中而不是现实中发生断裂——也只有这样，才可能将一部文学作品看作一个封闭自足的"文本"，而不是一个从复杂的历史关系中抽离出的"片段"。

尽管如此，本刊既为文学研究专业刊物，理当以现代的或狭义的"文学"为基础，且欢迎基于文学个案的研究论文。对大量的文学作品的细读，可以磨砺文学研究者的文字敏感性，并赋予他的研究以深厚的感性基础。缺乏文字敏感性和这种深厚的感性基础，一个人的道德敏感性和政治敏感性就会停留在粗糙的阶段，以致不能对自己的研究前提提出质疑。文学非小技，乃人类各个群体之欲求、意识、知识、经验、体验、情感、想象、无意识等等的汇集，正因如此，文学——乃至"文学"这个词——就参与了现实世界的种种关系的建构。当欧洲人根据自己的文学标准而将另一些群体的文学说成"不是文学"时，与其说他们是在陈述一个事实，不如说是在施加一种价值评判，而"小说"这种文类从下层和女性的读物走向学院研究的历程，与其说是一部文学自身的演化史，不如说是一部社会政治史。如果连"文学"一词——遑论"美/丑"、"高雅/粗俗"、"文明/野蛮"等更具价值判断色彩的词——的定义都取决于各种政治的、经济的、阶级的、种族的、社会的、性别的以及国际的力量的较量，那又如何可能将一部文学作品视为一个自足的"文本"？波尔多葡萄酒为何就比陕西高粱酒"高雅"，甚至也比山东葡萄酒"高雅"，以致山东葡萄酒的国内销售广告一定使用法语和法国人？这在味觉上是不能获得解释的。

假若早期的文学研究因大谈主观感觉而陷入"心理玄学"的话，那么，文学研究的"语言学转向"就使文学研究变成了技术专家的专利而远离了男男女女的日常生活。此时，文学研究的"文化转向"就尤为必要。文学的文化研究正是为了恢复文学研究的整体历史视野，揭示此前一直视若"常识"甚至已内化为无意识的那些观念、情感、意象、表达、想象和思想其实是为某种特殊利益（性别的、阶级的、国家的等等）而被"建构"起来的，是各种力量斗争的产物，并经由词语和意象的反复轰炸而变成一种"意识操纵"。一部文学作品，就是一切社会关系的总和。与其说文化研究是一种方法或一个特殊的学科领域，不如说是一种观察世界的眼光。

文化研究者必须时刻保持一种怀疑的气质，不仅与映入眼帘的文字拉开距离，同时与自己的"内在性"拉开距离，因为那里同样沉积着经由阅读行为而进入的大量并非没有疑问的观念和情感（对一个常读"西方文学"的中国读者来说，或许更是如此）。总之，他要在社会关系之中探讨自身作为参与者的文学。从这种意义上说，文学的文化研究可被理解为一种文学的"社会力学"。这意味着文学的文化研究将使文学研究充分历史化或者说"外在化"。在危机论者看到危机的地方，文化研究者看到的则是一个大有可为的世界。

2011年第2期

如同第 1 期一样，第 2 期作者中又出现了一些年轻的新面孔，且他们大多来自"外省"。"外省"一词，不仅指"中心"之外的辽阔边缘地带，也喻指"乡气的"、"褊狭的"、"无文的"、"地方性的"，因此哪怕是与"中心"在地理上咫尺之遥的近畿地区或者京沪境内的"二三流大学"，在文化地理分布上也属于"外省"。一个处于"中心"（如京、沪等大都市或"一流大学"）的学者，大可带着一种文化地理上的优越感讥讽道："外省也有学术？"

不过，在1903年的教育改革以及1912年的政体转型造成各地人才纷纷向"中心"集中之前，中国的学术人才在地理分布上是高度分散的，各地均有一个不可小视的学者圈子，以致学者们——哪怕离乡背井到"中心"任职的学者——相互间习惯以家乡之名指代彼此（如"曾湘乡"、"马丹徒"），或在自己著作的署名前冠以家乡之名（如"金坛段玉裁"、"新会梁启超"、"侯官严几道"），以表达对其家乡的敬意，而其家乡也以其为荣耀。

各地学术人才向"中心"城市的集中，掏空了本地学术生活的基础，造成本地学术生活的衰落。这对一个有着辽阔国土面积和巨大人口规模的国家来说决非好事。不过，近些年，本来高度集中的文化地理分布出现了一种意味深长的变动：由于"中心"已然爆满（今年，哪怕是归国博士，想在北京的高等教育和研究机构觅得一个职位，也相当不易），于是产生一种向"边缘"的人才流动。星星之火开始闪耀于辽阔的"边缘"的一些点。在这个全球信息快捷便利的时代，"中心"与"边缘"能够分享同等的学术资源（非指学术行政资源），因此置身于"边缘"，如同置身于"中心"，同样置身于"世界"。

本编辑部的来稿就充分显示了这一变动："外省"来稿越来越多，且其中经常会有一些出人意料的具有不俗学术质量的论文，其比例同于来自"中心"的投稿。这使"中心"与"外省"、"一流大学"与"二三流大学"、"无名之辈"与"名学者"之间的界限在本编辑部选稿过程中失去了意义。

不久前本编辑部接到一个长途电话。电话那一端的一位女士担忧她投给本编辑部的一篇论文是否会因其出自"外省二三流大学"的年轻学者（且还是一个年轻女学者）之手就遭受歧视。本编辑部答复云："只看论文本身，不问来自何人何处。"这位女学者的来稿在经历数审之后最终落选，同时落选的还有上百篇来自"中心"或"一流大学"的学者的来稿，其中不乏已在学界建立起了声望的名学者。但对本编辑部来说，每一篇来稿都是一个独立的文本，它要为自身提供充足的学术上的证明。歌德说："要每天争取自由和生存的人，才有享受两者的权利。"

　　希望这一番答复能释那位"外省二三流大学的女士"之惑，同时表达本编辑部对那些来稿未被采用的"中心"地带的名学者的歉意，他们的学术声望本是通过一篇篇扎实的论文积累起来的，而一篇草就的不合乎其通常的学术水准的论文若借本刊公之于众，一定会削弱其已有的学术声望。

2011年第3期

　　应作者之请而为其论文加注"某某科研项目阶段性成果"，已成国内学术刊物的惯例。这原本是为方便论文作者成果申报，并防止科研项目成果申报中出现偷梁换柱的现象。鉴于此，本刊也曾将此惯例写入《来稿须知》。但弊端已然显露。由于如今科研项目名目繁多，几至人手一项乃至多项，且科研项目越来越与各种可期待的利益直接挂钩，更由于科研项目管理制度对科研项目完成时间的要求日趋严苛，使项目承担者们承受着越来越迫切的"发表压力"，于是往往就将还未成形的思绪匆匆形之于文字，或将项目初稿拆分为若干论文，或竟掠人之美，名之曰"阶段性成果"，载之于学术期刊，以向科研管理部门证明本项目运转一切正常，而本来具有独立品格的学术期刊也就几成名目繁多的"项目产业"的一个环节。

　　这并非是说凡标注"阶段性成果"的论文都是如此。也有优秀之作，它们具有一篇"独立论文"所应具有的那种自身结构完整性，而画蛇添足地贴上"阶段性成果"的标签反倒取消了其独立自主性，因为该标签暗示该文不过是某部尚未完成的"书稿"（"项目最终成果形式"）的某一章节、某一片段。如果从一部书稿抽取一个章节就可当作一篇"独立论文"，那从一部长篇小说抽取一章就完全可以算作一篇短篇小说了。本刊是发表独立研究论文的学术刊物，无意成为形形色色的"阶段性成果"的年度报表。兹决定自今年第3期起取消为所发论文加注"某某科研项目阶段性成果"的惯例，以期本刊投稿者以独立之精神撰写独立之论文。

　　由此"独立之精神"而联想到作为中国学者，我们在研究外国文学时所应秉持的"独立之精神"，即对我们的"现代自我"——此乃我们的研究所由出发的"前提"或云"已有知识结构"——时刻保持一种批判的距离。在很大程度上，我们的"现代自我"是十九世纪以来西方文化殖民以及我们自愿施加的或无意识的自我文化殖民的产物（其中西方文学在建构中国的"现代自我"中的作用非同小可），而当我们基于这个"现代自我"来建构这个世界及其各种各样的关系时，我们所获得的"世界景象"就与"西方殖民主义的世界模式"重叠，以致当我们频繁使用"远东"一词来称呼自己脚下的土地时，竟感觉不到地理错位，仿佛我们是英国人，正站在格林尼治附近远眺万里之外那片似乎既没有自己的名字、也没有清晰的国界的化外之地，并把西方的边界看作世界的边界——这大可解释我们的当代话语里何以大量出现"走向世界"、"与世界接轨"这一类的说法，仿佛我们处在世界之外，而恰恰是"时时刻刻处在世界之中"的这种国际关系，才自始至终决定着中国的国家命运和文化命运。倘若我们甚至不能在地理上确知我们自己身处何处，又何以形成自己的世界历史意识？

学术不是孤悬的象牙塔，它渗透着太多的权力，而文学也非"沉思"之物，它总在建构什么。习外国文学者，长期滞留于外国意识，更应具有一种对于"西方权力"的辨析力。习外国文学，不是为了使我们更像外国人，而是成为更丰富、更复杂的中国人。1935年，梅光迪就清末民初中国一些学者缺乏政治敏感性而与西方殖民主义一唱一和批评道："吾人只知帝国主义者之行为，乃武力侵略，抑知其有强有力之学说，为其背景耶？"殖民主义统治的终结，并不意味着文化殖民主义的终结，它不断改换着形式，以致难以辨认。假若说经由那些"渗透"到西方文学系的西方前殖民地和半殖民地学者的清算，"西方殖民主义的世界模式"如今在西方前殖民宗主国的文学系都遭到了打击，成了一种有罪的意识形态，那么，这种与西方利益相互支撑的西方殖民主义世界模式依然供奉在我们的文学系及其他科系，并习见于我们的当代政治话语、学术话语乃至街谈巷议，甚至内化为一种集体无意识。1925年，刘半农曾叹惜"中国国民内太多外国人"，说"人家还没有能把我们看作殖民地上的奴隶，我们先在此地替他作预备功夫"。这种情形至今没有太大改变。一个月前，国内某大报就"中国人文学术如何走向世界"征求建议，一位知名外国文学学者建言道：用英语写作论文，发表在英美学术刊物上。并非偶然的是，我们由上及下的科研成果评估体系也强化着这种西方中心主义。自我文化殖民的幽灵徘徊不去，损害着我们发表自己见解的勇气和建立自己学术的能力乃至汉语写作的能力。

为谁写作？人们常引用陈寅恪《清华大学王观堂先生碑铭》中对王国维的

赞语——"独立之精神，自由之思想"，却将其"箴言"化，使其失去特定所指，也就挖空了其中寄托的家国情怀。王氏晚年适逢西学狂潮席卷中国，强大的离心力使这个本已四分五裂的国家大有亡国之虞。1918 年，梁济在其遗书中对时代风潮有着入骨三分的描绘："今人为新学所震，丧失自己权威"，"忘其自己生平主义"，"先自轻贱，一闻新说，遂将数千年所尊信持循者弃绝不值一顾，对于新人物有自惭形秽嗫嚅不敢言之慨，甚或迎合新人物毁骂先代遗传，诟辱自家学理。岂国家数百年条教所颁以及吾人胜衣就傅数十年朝斯夕斯者，全属虚伪无物乎？"

当陈寅恪以"独立之精神，自由之思想"评价王国维时，他强调的或许正是王国维不为西学所震、丧失自己权威和平生主义而坚守这个千年之国的立国之基的文化本位立场。如同陈寅恪一样，王国维决不排斥西方文化，但作为中国人，他考虑的是中国文化的本位，以中国文化为本建设新文化，透过"中国的眼睛"看西方文化，而不是透过"西方的眼睛"看中国文化（章太炎所说"外国人旁观中国之见"）和西方文化（"西方意识"的无意识再生产）。这一点，在陈寅恪谈及大学理念的《吾国学术之现状及清华之职责》一文中可得到印证："吾国大学之职责，在求本国学术之独立。"至此，经陈寅恪所阐释的王国维的"独立之精神，自由之思想"就具有了"去殖民化"的意义。在我们摧毁自己意识中层累的自我文化殖民主义之前，我们不可能建立起一种使我们的精神生活充满生机和意义的独立的本国学术。

2011年第4期

在只有一个作者署名的论文中，屡屡见到"我们认为……"这样的句式，会令人感到困惑：难道还有一个乃至一群没有署名的作者？倘若没有，为何这唯一的作者偏偏称"我们"？哦，原来是作者为了显示自己的谦逊而把自己藏进一个群体代词中。由于职业病，编辑会对别人的论文多一点挑剔。反过来一想，难道我们编辑自己在论文写作时不也如此，常有意或无意地用"我们认为"代替"我认为"，尽管"我"是在发表一种个人的看法？看来，这里面一定存在某种似乎约定俗成的规定。顺着这个思路，突然想起多年前一位老教授在向其学生讲解论文写作用语规范时就曾交待："要用'我们认为'，不能用'我认为'，这显得客观，也不那么狂妄。"

的确，使用"我们"，在某些情况下会让读者感觉舒服一点。老教授这句训诫与早已作古的美国百万富翁卡曾斯的庭训有点类似。卡曾斯的儿子安德烈亚回忆说，他父亲常告诫几个孩子，不要以为自己是有钱人就高人一等："我记得我们还很小的时候，我父亲说'我'这个词是很可耻的，不让我们说'我的'；而且我也常觉得说出以'我'开头的句子很不自然。这就是关于非自我中心的全部情况，想着那些没有你幸运的人。这就像是在你感觉很糟的时候，你把它说出来，你就是在给不堪负重的人们身上再添负担……反正，拥有财富是很让人愧疚的。"老卡曾斯的换位思考使他对某些习惯成自然的话语方式所包含的压迫性有相当的敏感。

老卡曾斯愧于说"我"，是因为存在着一些"没有你幸运的人"或"不堪负重的人"，你一出门就能在大街上遇见他们，而他们的不幸和贫困与你的财富之间有着一些密切的关系。这与论文中使用"我们"而不是"我"不同，因为这个"我们"只是一个虚拟的概念。但这个虚拟的"我们"有时并不谦逊：当你在论文中批驳别人——同样也是某篇论文的唯一的一个作者——的观点时，你却只说"他认为"，而不是"他们认为"，尽管该论文的作者按照他当初的教授提供的论文用语规范在其论文中也使用了"我们认为"。于是，本来是"我对他的观点的批驳"变成了"我们对他的观点的批驳"，而不是"我们对他们的观点的批驳"。你可能会辩解说不存在这个"他们"，可同样也不存在那个"我们"。

由于这个虚拟的"我们"没有确切所指，因此很可能包含了读者。如果读者碰巧同意你的观点，他可能对你不经他同意就把他纳入"我们"毫不介意，但也不乏以下这种情形，即他完全不赞同你的观点，而你的"我们"一词却强行将这种观点摊在他的头上，那感觉，就像你背着他使用了他的身份证，他大有可能对你愤怒地喊道："劳驾，那是你认为，不是我认为，别代表我。"这个虚拟的"我们"与其说增强了论文的"客观性"，不如说通过虚拟众多的见证者来为自己的"客观性"制造声势。实际上，这种修辞法主要见于党派政治话语，它总是要制造声势，以便让人感到"我们"无处不在，是有威力的大多数。在此情形下，在自己的论文中使用"我"而不是虚拟的"我们"，倒显示出一种敢于为自己个人的观点负责的可贵勇气。

但这并非是说论文中只有使用"我"而不是虚拟的"我们"才能达到客观性

或者说"非个人性",恰恰相反,要尽量泯灭"我"。此处的"我"说的不是"我"这个称呼,而是"我"的主观性。由于汉语的高度灵活,主语"我"常常可以在行文中省略而不损害句子结构的完整,也不会造成误解,但"我"的强烈主观性却可能渗透其间。所谓"主观性",并不仅指"属于自己个人的想法",甚至,当"我"说这是"我"个人的想法("我认为")时,就已经对它的客观性表示了轻度的怀疑,反倒是一种谦逊的话语行为。说到"主观性",此处主要指没有经过"我"的经验和理智的不断检验而"我"却对之坚信不疑的东西。

这些存留于"我"的意识甚至无意识中的东西以其坚固的"客观性"而不容"我"和他人置疑。我们的大脑回沟里塞满了他人的思想和观念,其中绝大多数已失去其来源而渐渐沉淀为"我"的无意识,正是它们建构了"我"的世界历史景观以及话语方式:此时的"我"恰恰是"他人"的一个别名。常常出现这种情况,例如,当"我"很肯定地说乔叟是"英国文学之父"时,很可能不是"我"在说,而是早已作古的剑桥第一位英国文学教授阿瑟·奎勒·考奇爵士通过"我"在说。这句话以毋庸置疑的"客观陈述"的面貌从我的意识里自动弹出。如果"我"对这句"陈述"的客观性表示怀疑,那此前"我"心中的整个英国文学史景观可能就会崩塌。可考奇爵士写下这句话时并不是在做出一个客观陈述,他考虑的是在宗教凝聚力已不那么管用的分裂时刻,如何用英国文学来挽救英国的民族认同,而为英国文学确立一个"父亲",对文学民族主义政治来说乃是重中之重。尽管《贝奥武甫》远比乔叟《坎特伯雷故事集》要早,且同样用英语写成,但它讲述的却是欧洲大陆的故事,而《坎特伯雷故事集》则以英格兰的土地和人民生活为素材,这当然更有利于建构英国民族的集体记忆和文化身份认同。于是,考奇爵士为了给《坎特伯雷故事集》加冕,就贬低《贝奥武甫》,说"它在英国文学中既没有父亲,也没有子嗣",一句话就把它打发出了英国文学。

这不过是一个不起眼的小例子。实际上,那些以坚固的"知识"的名义而储存于我们的意识乃至无意识中的"客观陈述"大多具有强烈的主观性。人们常说:"作为研究者,要与自己所研究的对象拉开一个使得批评成为可能的距离。"事实上,作为研究者,你得首先与自己的意识——我们据以对一切研究对象做出判断的依据或者说我们从事研究的前提——拉开一个使得批评成为可能的距离,才能使你与所研究的对象拉开一个距离。当你把自己的意识当做一个问题而不是"最终论据"时,你才开始摆脱主观性。

2012年第1期

每个国家建构其民族 – 国家语言文学史的话语行为，都与其建构其民族认同的政治息息相关，甚至是认同政治的感性基础。不过，根据本尼迪克特·安德森或霍布斯鲍姆的说法，"传统"有时是"想象"或"发明"出来的，甚至为了某种需要不惜将他人的传统改换面目变成自己的传统。本期发表的史敬轩的论文《火烧屠龙王——〈贝奥武甫〉传播归化语境寻疑》以对相关史料的梳理来分析《贝奥武甫》这部"外来"史诗的抄写、流落以及后来被当作"英国文学之始"进入英国文学史的过程，就体现了这种"建构"。

博学的 H．L．门肯像撰写美国独立史一样撰写美语独立史。他说，北美殖民地早期，当英国人来这块"新大陆"考察时，发现那里的英国同胞在发音和用词方面与英国人有些差别，于是抱怨其语言上的偏离，而实际上，这些偏离大多见于伦敦英语之外的英国本土方言以及古词，而且，比起其辽阔的北美殖民地，英国的方言更多。

北美殖民地与其母国的别别扭扭的关系刺激了殖民地人的独立意识，他们开始有意使用与母国标准英语相偏离的发音、拼写以及语法，到独立战争后，作为国家认同政治的重要方面，美国政治家和语言学家开始建构标准"美语"。1780年，约翰·亚当斯以一种新获独立的热情给国会写信，提议建立美国科学院，并鄙夷地说英国今后大概只能跟在美国方式后面亦步亦趋，哪怕语言方面，"美国的人口和商业将迫使美国人的语言成为一种通用语"。

辞典编纂家韦伯斯特试图以编撰美语辞典的方式为美语正名。1789年，他发表《论英语》，说"一些新的状况使得美国语言在将来脱离英语不仅必要，且不可避免"。杰弗逊尽管不喜欢韦伯斯特这个人，但非常赞成他的语言改革计划，当他1821年当选为前一年成立的美国语言和文学研究院荣誉成员时，他说："在我们与英国之间有着太多的不同，诸如土地、气候、文化、发音、法律、宗教以及政府等等，倘若我们亦步亦趋于英国人制定的标准，那么我们将被时代进步远远甩在后面。"

英国人当然不甘心英语霸权在北美殖民地的终结，自1787年起，对美语展开了一场漫长的攻击，讥讽美语缺乏教养，"在大西洋对面的我们的殖民地，每一个时辰都有俚词俗语汇入言谈中"，等等，但美国的语言政治学家们把英国人对语言的"高雅"、"粗俗"的等级区分视为英国社会等级制的表征，而且它内化或强化了这种社会等级制。而美国人混淆这种语言等级，恰是民主政治的语言体现。这样一来，美语又与民主联系在了一起，在与英语的竞争中夺取了道德制高点。

本刊去年新设"中外文学－文化关系史研究"，意在提倡在复杂的国际－国内关系史中研究文学和文化的跨国流播及其对自我和他者的形象的建构。自从话语与权力之间的隐蔽关系被揭示出来后，一切学术都成了广义的政治学。研究中外文学－文化关系史的学者对此不可不察。

本期所刊濂溪研究所张京华教授长篇论文《三"夷"相会》，以清朝盛世和衰世两个时间段的两批越南"如清使"与清"伴送官"的笔谈以及越南"如清使"与朝鲜"如清使"在北京的笔谈为线索，追述东亚诸民族对中华礼乐文明的深切认同，乃至在中国传统"夷夏观"、"天下观"因西方现代主权国家观念的入侵而在中国本土开始遭到废弃时，竞相以中华文明正统自任，试图在西方殖民浪潮席卷整个东亚之时，以中国文教将东亚凝聚为一体。该文详论"夷夏观"在清季的一度发展，对我们重新思考文化本体问题提供了一个启示。

当中国以弃绝自身文化本体为代价而转向"西化"并视自身为西方的边缘后，其在东亚的文化中心地位就飘移到了更忠诚于这种文化的当初的边缘，以致辜鸿铭1920年代感叹道：如今，要寻找真正的中国文明，我们或许只有去日本了。此话并非耸人听闻：今天，哪怕是"中国研究"，中国学者也正在努力"向西方汉学看齐"。

2012年第2期

资深法语文学专家郭宏安先生去年年初在一篇论让·斯塔罗宾斯基和乔治·布莱的文章中谈及自己30年前撰写《拉辛与法国当代文学批评》时，说当时感到最为棘手的是"资料的缺乏"。查这篇完稿于1982年3月的论文，其中有云："资料的缺乏限制了我们的视野，我们很难十分清楚地看见那个古战场上发生的事情，如新批评的两员主将，乔治·布莱和让·斯塔罗宾斯基，我们根本看不清他们的面目，不知道他们在干些什么。"30年后，他在题为《让·斯塔罗宾斯基和乔治·布莱》的这篇新作中回顾道："若干年之后，我终于明白，不是资料的缺乏限制了我们的视野，而是视野的狭窄造成了资料的缺乏，就是说，视野的限制可能使我们对资料或者视而不见，或者不去主动搜集。例如对乔治·布莱和让·斯塔罗宾斯基，直到我关心日内瓦学派的时候，才渐渐入了我的眼界，对他们有了基本的了解。不是由于资料多了，而是由于我开始关心他们了，就在手边的资料方才引起了我的注意。"

当然，1982 年之后的"若干年"里，郭宏安先生曾几度去过瑞士日内瓦，停留时间有长有短，并与他当初心仪已久的日内瓦学派的斯塔罗宾斯基成了朋友。他流连于日内瓦的图书馆和书店，归国时还带回了不少法文资料，加上其工作单位中国社会科学院外文所的资料室以及北京其他图书馆所藏法文资料，此时，对他来说，基本的研究资料已不是问题。再后来，随着互联网时代的到来，尤其是世界各国各种大型图书资料数据库的建立，无论对郭宏安，还是对其他任何从事外国文学研究的中国学者来说，在纸质图书时代哪怕深藏于他国图书馆的密室甚至难得向其本国研究者开放的孤本、善本和珍本书，如今也往往因原版数据库而变得唾手可得，以致足不出户，便可坐拥一座就藏书数量来说远大于任何一座实体图书馆的书城。此时，若有哪位研究者还感到"资料的缺乏"并以此为自己论文中贫乏的史料征引辩解，那只证明他的"视野的狭窄"，按郭宏安先生的说法，"是视野的狭窄造成了资料的缺乏"，纵然资料近在手边，也不视其为资料。实际上，当我们扩大或调整自己的视野时，那些在以前的视野中看似无关紧要而被我们忽略的东西就会纷纷显示其重要性，对我们原本熟悉的景观造成一种结构性变动，以致出现一个完全不同的景观。

问题不止是视野的限制，更关键的或许是缺乏对自己所论问题的"关心"。一个"关心"的研究者就如同爱伦·坡笔下的那个将"解开疑难"当做一种高度的乐趣的巴黎名门子弟杜邦，爱伦·坡说"看书是他唯一的享受，何况是在巴黎，要看书是再方便也没有了"。杜邦博览群书，从古希腊哲学到星象学，一直到石头切割术，无所不读。的确，不管什么种类的知识，没一点是浪费的，这就像本雅明不放过任何一张带字的纸片，而这些杂乱无章的知识没准儿什么时候就成了珍贵的资料，具有一种庄严的结构性。杜邦看似心不在焉，而"疑难"却时刻萦绕于他的脑际，他在心不在焉中进入犯罪人的心理世界，同时眼睛不放过现场的任何一样看似无关的物品，而其"心不在焉"实是一种自由放松的心智状态，它避免了"过分专注"容易引起的对貌似无关之物的视而不见，而核心线索往往就在这些貌似无关之物之中。与杜邦形成对比的是那个巴黎警察局长，一个受制于一套固定不变的侦探方式而不反思其有效性的思想僵化之人，爱伦·坡说他"凡是碰到他理解不了的事，都称做'怪'"并一直"这样生活在层出不穷的'怪事'中"，结果，解开那些疑案的不是手中掌握了"更多材料"的警察局长（所谓"更多材料"，是就他的侦探方向而言的那些材料，而恰恰是它们使他陷入歧途），反倒是杜邦。

如上所述，当今，对外国文学研究者而言，"资料的缺乏"已很难成为有说服力的自辩辞。当今的研究者——尤其是更熟悉网络技术的年轻一代研究者——已拥有了"全然纸质"时代的同行们不敢想象的资料丰富性，但这种事实上的丰富性对不少学者来说依然还只是一种潜在的可能性，例如本刊的多数来稿并没有显示出与这种丰富性多少相称的厚实的史料文献功底，更别说基于史料和文献的尽可能全面的掌握而提出的新见了。到底是"视野的狭窄造成了资料的缺乏"，还是对自己所论问题其实并不"关心"而只是想"尽快完成一篇论文"，这就不好妄下断语了。

不过，少数来稿则显示出作者的资料功底以及对所论问题的建构方式，例如本期所刊发的龚蓉的《〈克雷蒙复仇记〉：政治化的殉道者阴影下的公共人》和胡穜的《日本精神的实象和虚象："大和魂"的建构》就不仅显示出他们对各自研究领域的史料文献的掌握程度，而且其知识构成也使其能够以文史互证的方式建构自己的问题。

在本刊工作了整整 20 年的前主编盛宁先生对学术论文的审读深有体会。他说：当他审读一篇来稿时，通常"第一看注释，其次看题目，最后才看正文"。从注释即可略知作者所能取用的史料文献的范围及其性质，即略知作者对其研究领域的熟悉程度；从题目即可略知作者探入这些史料文献的方式或者说方法，即略知其思考的方向和深浅，显然，一个对其所论问题有充分意识的作者一定能提炼出几个关键词作为题目。

2012年第3期

我们现有的文学知识及其谱系是如何形成的？诸如"浪漫的法国人"一类的套话是事实陈述，还是种族志或"国民性"的建构？谈到"浪漫的法国人"，文学史会追源到中世纪法国的"宫廷爱情",但李耀宗从词语史指出"宫廷爱情"乃十九世纪末法国的中世纪文学研究的现代发明,而非中世纪法国的典型爱情观,此一法国式爱情的发明是为了"区分法国与凯尔特、北方与南方的爱情,带有强烈的十九世纪民族主义色彩"。

英国人在莎士比亚时代还未发明"英国绅士",当时的悲喜剧中习见的是争权夺利、忘恩负义、谋杀、复仇、阴谋和械斗。胡鹏以社会史文献指出《罗密欧与朱丽叶》写于 1593 年英国瘟疫爆发之后,因此该剧并非偶然地屡屡出现瘟疫隐喻:在当时英国互斗的清教徒和天主教徒均把瘟疫看作"天谴"并指控对方"带来或延长了瘟疫"时,莎士比亚"使用瘟疫的隐喻来为生计、政治、宗教服务",但他暧昧的宗教态度和辩证的戏剧手法也使他"表达出了对当局措施和清教激进观念的不满"。

除极少数执迷于宗教幻象的意识形态偏执狂,如今鲜有人将瘟疫视为"天谴",但欧洲发明的欧洲地理特殊论另辟蹊径,断言欧洲本土不可能发生瘟疫,瘟疫只可能来自"远东"。与欧洲地理环境特殊论相配套的是欧洲文明优越论,它把东方建构为西方的一个毫无创造力的模仿者。不过现在开始有人仔细考证"欧洲古典文明的东方根源",如马丁·贝尔纳三卷本的《黑色雅典娜:古典文明的亚非之根》。

这种质疑还波及"欧洲现代",尤其是其"现代文学"。说中国"现代文学"受了西方"现代文学"的启发才发生,只是故事的一半,另一半是西方"现代文学"之产生也受了中国"古代文学"的启发。李冰梅谈到韦利与翟理斯围绕汉诗英译的争论对英国现代诗的影响,为邓经武提出的"二十世纪初的西方现代主义文学的发轫,是从'东方化'开始的"的观点提供了又一证据。

欧洲文明优越论不仅针对东方,它在地理上以西欧为中心向外划分出几个层级的外围,而美国当初就属于"欧洲文化的外省"。直到 1910 年代,美国文学史家还缺乏勇气为美国文学单独写史,卑微地将"美国文学"放在"英国文学"之后作为附骥。这种被施加的和自我施加的文化自卑感使爱伦·坡感到仿佛非以欧洲城市地理为背景才能写出诗意盎然的作品。不过罗昔明的论文分析了爱伦·坡与民族主义的"青年美国人"团体之间若即若离的复杂关系。

美国的国家认同高度依赖于美国文学对"美国特色"的描述。当马克·吐温毫无愧色地将密西西比河作为他的小说地理时,他就在通过对美国地理的编码为美国"建国"（state-building）贡献力量。反感新英格兰的英国式"高雅传统"并以大部头的《美语史》为美语独立唱赞歌的门肯盛赞《我的安东妮亚》的作者薇拉·凯瑟，说这种以"生机勃勃的美国生活"为题材的"新文学"象征着"美国成年"的来临。周铭的论文从"庇护所"这一概念切入《我的安东妮亚》，指出"美国将庇护所的概念转化为国家认同，在思想文化各层面得到了再生产"。

前不久清华－哥大跨语际文化研究中心主办了一场由多个学科的学者参与的"文明等级论与殖民史学"研讨会。几乎不约而同，中国近现代史学者们在上海召开了一场题为"民国史家与史学"的研讨会。这是否预示质疑和清理我们的现代知识谱系并重写中国近现代史的开端？

2012年第4期

"文学批评家为什么吸取其他领域的理论？"乔纳森·卡勒在本期所登《当今的文学理论》中问道，然后自答云："原因之一是，文学研究在过去的理论化程度不高，很多文学研究都是历史的苍白无力的版本。"不过这个答案只是对文学研究的一般现状的描述，它不是原因，而是一些原因相互作用的结果。将卡勒的问答倒过来或许更有意义：文学研究在过去的理论化程度不高，很多研究都是历史的苍白无力的版本，原因何在？原因之一是，文学批评家固守学科界限，将本来也是文学理论的理论视为其他领域的理论。这种画地为牢的学科"主权意识"从纵和横两方面都缩小了文学研究的区域，乃至只剩下"文本"的碎片和"文学性"的玄学。

在9月21日"同里会议"上（详见本期"动态"），党圣元以近代以来中国文学研究为例谈到"在现代化和分科化进程中整体性的失落与意义感的丧失，那种以现代学科界限划分疆域的'小文论'格局越来越暴露出缺乏大理论视野以及整体全面的历史文化把握的弊端"。梁展在发言中也指出："曾奉为圭臬的'文学性'其实正是导致文学研究的危机的原因。自俄国形式主义和英美新批评以来，人们通过鼓吹'文学性'希望抓住文学的本质特征来拯救文学，但'文学性'本身的追求为何会导致文学研究的危机？"原因在于，文学研究为在孤立的文本上建立自己的"学科合法性"而不惜丢掉整个世界。

虽说这种弊端来自对西方近代以来的分科化的模仿，但模仿者不仅丢掉了中国传统文学研究的广阔社会－历史视野，也忽视了西方另一支不曾中断的坚固脉络的存在——它如今正在开启被分科化拒斥在外的辽阔之地。梁展随后谈到"西方近代的'文学'与其他人文学科叙述的一致性以及法国新文化史研究与近代'文学'观念的亲合性"，"十八世纪法国自伏尔泰、孟德斯鸠、斯达尔夫人以来所建构的近代文学概念包括了审美、想象与政治、历史、思想、道德、社会两方面，尽管这个传统在二十世纪遭遇了形式主义与新批评的袭击，但它在萨特那里又得到延续。而在这个文学概念发生的脉络中，文学的叙述方式与其他人文学科如历史学、人类学、社会学等是一致的，即它们的叙述都包含了社会、政治和思想本身的向度。近代文学与宗教、哲学、历史、政治、社会的关系密不可分。而在法国五月风暴后出现的新历史研究更是将文学、历史研究深入到出版史和阅读史的微观领域"。文学研究不是"把玩"，它有着更重大的伦理责任，与曾经和现在生活在这个世界中的男男女女的生活的各个方面息息相关。

很难将黑格尔、马克思、阿诺德、葛兰西、福柯、德里达、萨义德等著作家的理论划归文学理论，也很难不将它们划归文学理论。雷蒙德·威廉斯无疑也属于这个传统。他在《现代主义政治》中强调："文学分析必须牢牢扎根于历史形态分析。"本期刊发的《后殖民研究与激进传统的再形成》和《批评到底该怎样做：重读萨义德》涉及"殖民地"这种历史形态。"后殖民理论"在当代中国学术话语中的兴起带来了诸多启示，但它源自"完全的殖民地"的经验，是针对这一特定形态而提出的，并不特别适合于国土大部分地区处在"半封建半殖民"的近代中国。"半封建"是就中央与地方关系而言，指国家整合的程度不能达于国土每一区域，而"半殖民"则就中外权力关系而言，指国家不能享有完全主权。"半封建"和"半殖民"并非并列关系。半封建使半殖民成为可能，而半殖民则加剧了半封建。然而"半殖民"的真正含义及其文化特征，一方面因"殖民主义"，一方面也因与之对立的"后殖民理论"，而越来越被遮蔽。

与"半殖民"相比，完全的殖民地是一种相对简单的经验，它涉及的是一个特定的或者说唯一的宗主国与其殖民地的关系，而"半殖民地"则不然。"半殖民"不仅是就殖民的程度而言，更是就殖民多样性而言，即一国之内同时存在多个相互之间既有合作又有竞争的殖民势力。史书美在《现代的诱惑》一书中强调中国近代社会的殖民结构的多元、分层、间接、相互冲突、不完全、碎片化，说"此种语境促使国内的政治区域变得四分五裂，而区域间的冲突斗争容易严重和恶化。这种多元殖民的事实导致了国内各种力量群体一时间难以站在一条统一的政治战线上，而这也必然会导致在文化层面上的相似现象。这种状况造成了文化领域缺乏团结和充满争论的局面"。国家主权意义上的半殖民状态的终结并不一定伴随着文化上的半殖民状态的终结。

但史书美为突出"半殖民性"而说"'殖民地'这一术语并不十分适合于中国语境"时，她忽略了近代中国少数地区的完全殖民地状态，如葡萄牙统治下的澳门、英国统治下的香港、德日两国先后统治下的青岛、日本统治下的台湾以及像"殖民飞地"一样的各处租界，那里的殖民形态及其文化结构大大不同于广大内陆地区。本期刊发的姚风的《诗人卡蒙斯：真实与传说》提到当初澳门葡萄牙殖民政府的文化殖民策略，可以给我们提一个醒，即在近代中国大部分地区处在"半封建半殖民"的历史形态时，还存在若干"完全的殖民地"（完全的殖民地一般不存在"封建"问题），其经验与半封建半殖民地大有差异。

文学研究正在经历理论化与历史化的过程，它最终将证明自己不是一种无足轻重的东西。

2013年第1期

司马光说"三国分晋"坏了名分大义，遂使"天下以智力相雄长"，"社稷无不泯灭，生民之害糜灭无尽"。类似的名分焦虑也见于莎士比亚的《李尔王》。李尔王将国土一分为三，在冯伟看来，其"要害在于，当国土一旦被分割、'馈赠'给自己的女儿，整个英格兰王国便蜕变为地产，王权也成为国王的私产"，不再具有神圣性和合法性。莎士比亚的这种焦虑与他生活的时代的英国的分裂状况以及逐步萌生的民族－国家意识息息相关，所以在《错误的喜剧》中，他让女仆露斯肥胖而丑陋的身体成为一幅以英国为中心的世界地图的展示，这虽然贬低了伊丽莎白女王的"政治身体"的神圣性，但同时，按郭方云的看法，"女性身体部位的高低、洁浊、肥瘦和开合，转换为一种文明与野地、特权与臣服、亲近与疏远、纯洁与淫秽的二元性政治秩序——这的确是一项设计巧妙的文学地图创举，最终演绎成一种代表国家好恶的性政治地图学，同时建构了具有政治和人种学意义的身体地貌学"。

伊丽莎白时代萌生的这种民族－国家意识，也见于托马斯·诺顿和托马斯·萨克维尔的戏剧《戈波德克王》。英格兰传说中的戈波德克王不仅没有事先解决好王位继承问题，甚至将国土一分为二，分赠两个儿子，致使国家陷入持续的内乱。陶久胜根据观剧者记录的该剧初演的材料（不见于以后的剧本），论证该剧赞助人达德利勋爵试图以此剧向单身而又缺少王位继承人的伊丽莎白女王进谏，促其赶紧与一个英格兰人——即达德利勋爵自己——结为夫妇，解决悬而未决的英国王位继承问题，避免各种潜在的政治和外交危机。

本刊近年来刊发的多篇有关莎士比亚及英国文艺复兴时期其他剧作家的论文，显示出这些中青年作者在这一研究领域的多角度、多层面的开拓。此外，他们还难能可贵地体现了一种可圈可点的"叙事"能力。此处所谓论文写作的"叙事"能力，是指能以几个层面或者几条线索的并置、呼应、交叉、重叠展现一种历史的纵深，它实际与个人的历史空间想象力有关。这种"叙事"能力也见于本期刊发的论文《〈莫格街谋杀案〉：居维叶、剃须刀与种族主义》、《"去政治化"与"理智的行动主义"的破产》、《制造"现实"——西方近现代文学的科学系谱》等。

本刊鼓励论文写作的个人化或者说"风格化"，而"风格"是对语言的妙用而不是滥用。这并不意味着本刊偏爱那种满篇简单句的论文，相反，本刊认为，那种盘根错节、层次繁复、跌宕起伏的复杂句式恰恰体现了其作者的思维的复杂性，并且，它对其读者的语言思维习惯也是一种有益的挑战。世界并不是一个简单句。练习句子，就是训练思维，从而以一种新的方式观察这个世界。但一篇论文，无论其句式怎么盘根错节，层次繁复、跌宕起伏，都不能片刻离开严谨的语法和逻辑，此外，还要把握好语言的长短节奏，不能像初学小提琴的人那样以几个拖曳的单音的来来回回来折磨邻居的听觉。郭宏安先生期待的那种"批评之美"，此之谓乎？本刊希望来稿者以一种他人的眼光挑剔地对待自己笔下的每个句子乃至作为句子组成部分的每个标点符号，因为这里面有一种深刻的伦理。

2013年第2期

本刊 2013 年第 1 期刊出的徐晓东先生的论文《华兹华斯的言不由衷》探讨的是英国十八世纪文学史上的一桩公案——詹姆士·麦克弗森的"作伪"。1762年，苏格兰人麦克弗森宣布自己在某个公立图书馆发现了公元三世纪的奥西恩的盖尔语诗稿并翻译出版了这部诗集。尽管查尔斯·奥康诺和约翰逊博士不久即指出该作有"作伪"之嫌，不是什么"古诗译本"，而是麦克弗森本人的创作，但这部"古风盎然"的诗集对整个欧洲浪漫主义情调的影响之深却不能因后来发现它是假托古人之作而被否认。勃兰兑斯谈到这桩公案时说，奥西恩的诗提供了"一个新的观点来看景物"，"诗的出版，当时引起不小的轰动。这位苏格兰诗人甚至把拿破仑那样的硬心肠都感动了，拿破仑认为，他比荷马都好得多。那时候对是否有奥西安［奥西恩］其人还没有提出疑问，后来人们气恼地不再去看这些诗，就仿佛一个人以为听到了夜莺的歌唱而狂喜，结果发现是一个躲在灌木背后的坏蛋骗了他。在同代人的心中，麦佛森［麦克弗森］确实取代了荷马的地位。除了别人之外，他还影响了歌德……"当然不止是歌德，他还影响了华兹华斯，尽管后者后来感到"受了骗"而几乎一直讳言自己所受的影响。麦克弗森的不幸在于，他将自己的文学才华伪托给了一个子虚乌有的古人。

当代人的创造力据说处在哈罗德·布鲁姆所说的那种"影响的焦虑"之下，绝望地感到文学的可能性几乎都已被前人探求过，于是就靠"颠覆古人"来证明自己的文学价值。不过，法学家理查德·波斯纳在他那本探讨学术不端行为的小册子里集中探讨了另一类更常见的方式，即不标明来源的"借用"。他在扉页引了一句古罗马修辞学家多那图斯的话作为题辞："死去吧，那些抢先说出了我们要说的好事的家伙。"然后，为了给这种"借用"行为"一种较为宽厚的解释"，他以布鲁姆的风格写道："在一个术业专攻的时代，有创造力的人易于产生一种迟到感——就是觉得尽管自己像前辈一样具有创造力，但'余生也晚'；觉得船已经远航；觉得本应属于自己的位置上已经有人了。"

基于波斯纳的这种"较为宽厚的解释"，本刊编辑部宁愿相信本刊 2013 年第 1 期所刊张虎先生的论文《〈莫格街谋杀案〉：居维叶、剃须刀与种族主义》之所以大量出现不标明来源的"借用"段落，是因为作者具有"照相机般的记忆力"，"吃透了"某书而"无意识地"借用了其中大量片段。该论文未标明来源的"借用"部分"借自"论文集 Romancing the Shadow：Poe and Race（Gerald Kennedy and Liliane Weissberg, eds., Oxford University Press, 2001）中的三篇论文："'The Murders in the Rue Morgue'：Amalgamation Discourses and the Race Riots of 1838 in Poe's Philadelphia"（Elise Lemire）；"Presence of Mind：Detection and Racialization in 'The Murders in the Rue Morgue '"（Lindon Barrett）；"Average

Racism: Poe, Slavery, and the Wages of Literary Nationalism"（Terence Whalen）。本刊在接到读者检举后，即启动调查程序，并聘请专家覆案，认定事实。现声明撤回该文。本刊对这些读者和专家致以诚挚的谢意，对其于学术一丝不苟、于人却宽厚以待的可贵品质表示敬意，同时，重申本刊《来稿须知》的"君子之约"：编辑部视每份来稿为作者的学术诚信的承诺。

2013年第3期

听到"背后的"——即"不必碍于情面的"——对本刊的议论，是件须认真对待并加以反思的好事。几月前的一天，偶然听到两位女博士生在外文所楼道里闲聊（声明并非有意窃听，而是匆忙经过她们身边时几个词语相继弹入耳鼓），诸如《外国文学评论》最近"太政治化了"，似乎不太关心"文学性"，余下的话随着脚步走远而遗憾地没了下文。在不久前收到的一封私人来信中，一位性格耿直的朋友提到本刊"太文学了"，理论文章发得太少，有"轻视理论"之嫌，而他列举的"理论"，就其与"文学性"乃至"文学"的关联而言，又大多不能算"文学理论"，而是有关种族、阶级、性别、殖民、生态等"政治化"或"泛政治化"的理论。于是，本刊就面临两种相互对立的善意的"指控"："太政治化了"，而轻视"文学性"；太不政治化，而"太文学了"。

文学研究的"学科界线"的确立似乎可追溯至1948年，其时美国爱荷华大学文学系同事韦勒克和沃伦在其合著的《文学理论》中将文学研究划分为"内部研究"和"外部研究"，而"内部研究"又被等同于对俄国形式主义所谓"文学语言"或"文学性"的探求，即认为存在着一种不同于"科学语言"和"日常语言"的具有自身区别性特征的"文学语言"。考虑到"文学语言"同样存在于科学著作、政治小册子和日常谈话，那"文学性"或"内部研究"自身也就不局限于"文学"领域了——而至少本刊还局限于"文学"这个自西方十八世纪以来因社会分工而被圈定的领域——尽管韦勒克和沃伦认为"文学语言"更集中于文学领域（这或许显露出他们的主观武断之见。任何一个读者，只要他具有充足的想象力和文字敏感性，并处在某种特定阅读情境中，就没有什么能够阻止他把随便拿到的任何一页文字"读"为文学）。按照他们的意见，文学的"内部研究"或"文学性"探讨实际就成了修辞学。

关键在于，他们的"内部研究"拒斥"历史"：如果"文学性"必须相对于一个特定"语境"才可被辨识或"建构"出来，那么，它被建构的过程就是各种社会关系和社会力量复杂博弈——各种阶级的、性别的、种族的、国际的力量对文化领导权的争夺——的结果，而它不久又可能被同处文化权力竞争场的其他力量所颠覆，另一种"文学性"得以确立。按五十年代特里林的标准，金斯堡的那些如今读来诗意盎然的诗能被称为"诗"吗？

或许我们正面对着六十年代全球文化革命之后留下的那个被大大拓展了的文化政治空间，并且像到五十年代末依然相信文学史教科书所列"文学经典"之外就无文学的迪克斯坦那样，在经历这场运动——以及作为这场运动余波的层出不穷的各种理论——之后对"经典"发出这样的质疑："所谓'高级文化'云者，不就是当初的反叛文化后来按某种顺序的记录，不就是曾经的那些先锋派的历史，不就是后来站稳了脚跟并最终被供奉在文学圣殿里的那些曾经发生的丑闻么？可是最具五十年代特征的一个弱点就是偏爱在诗与非诗、大众文化与中产文化或高级、中级与低级文化、诗歌与宣传品、文化与野蛮之间建立一成不变的区分、排斥和等级。""经典"要经过一个"经典化"过程才能成为"经典"，而这不能仅从其"文学性"获得解释，因为"文学性"自身也是一个历史范畴——谁在定义"美"？

尽管如此，对"文学性"的探求磨砺了语言敏感性，而语言敏感性正是政治敏感性的感性基础。无论如何，在任何研究开始之前，有必要先对自己的研究从出发的那些"前提"进行一番反思，并在整个研究过程中不断反思和"校正"。

本刊并非"同人刊物"，而是一个接受各方自由来稿的"公共平台"。对本刊的两种相互对立的"指控"——为何不视其为两种相互促进的方式呢？——不过是国内外国文学研究领域自身的两种"相互对立"并试图"排斥对方"的"方式"在本刊的反映。当然这并不意味着外国文学研究领域仅仅存在这两种"方式"，诸如理论研究、名物考证、影响研究、版本考辨、翻译研究等等也纷然杂陈。所有这些均在本刊占有一席之地。

当然"席"有大小，而孰大孰小则不取决于某种"主张"，而取决于这种"主张"的"实践"，即"论文"自身的深度。主张"文学性"，这没有关系，但你必须以你的"论文"来证明这种"主张"的生命力；主张"政治阅读"，也没有关系，但你必须同样以你的"论文"来证明这种"主张"的生命力，因为本刊是刊发"论文"而非"主张"的刊物。至于理论研究、名物考证、影响研究、版本考辨等等方面,亦是如此。套用奥斯卡·王尔德《道连·格雷画像》序言中的句子:有写得好的论文,有写得糟的论文,如此而已。

至少到目前,就本刊而言,还没有一篇论文仅因其"主张"而被否定。尽管不能说编辑——作为研究者——没有自己特定的"主张"(各编辑的"主张"也不相同),但作为编辑,一个非"同人刊物"的编辑,我们会为与自己作为研究者时的"主张"对立但却"写得好"的论文喝彩,并从中受益。其实,就一个人的心智成长史的一般情形来说,他从其"对手"获得的心智启发要远大于其"盟友",因为"盟友"通常只是一种援助,是对自己已有的研究范式的一种强化,而"对手"恰恰意味着一种挑战,有时甚至是一种范式挑战。"学术的进展"有赖于这种充满张力的竞争,而本刊乐于为这种有益的学术竞争提供平台。

2013年第4期

现代汉语中相对于"中国"的"外国"一词有时并非一个地理区划概念,而是一个"文化等级"概念,类似于逆转的"夷夏",例如 1918 年 10 月钱玄同在《新青年》5 卷 4 号上发表《对于朱我农君两信的意见》,为在中国消灭汉语而改用"世界语"辩护,理由是"我以为今后的中国人,应该把所有的中国旧书尽行搁起,凡道理,智识,文学,样样都该学外国人,才能生存于二十世纪,做一个文明人。既然如此,就应该学外国文,读外国书"。

"样样都该学外国人",当然不是指样样学非洲人、印度人或朝鲜人、越南人,他笔下的"外国"不包括中国之外的那些"东方"国家,而接近于当今国际政治体系所说的"西方"。这就像我们当今所说的"与世界接轨",这个"世界"当然也不包括"东方",也就不包括中国。一条"文明"的分界线横亘在"东方"与"西方"之间。

我们无形中继承了那种"西方中心主义"的世界模式,自处"化外",而近代以来中国建立的国民教育体系更以强制性的英语教育强化了国民的这一"西方中心主义",仿佛世界只有作为"文明中心"的那个"世界"以及处在这个"世界"之外的中国,而经常有意无意地把中国与"欧西"之间的大片区域当做空白轻轻掠过。比起遥远的"欧西",我们对中国周边——东亚、东南亚、南亚、西亚和北亚——的了解或许逊色得多。然而,中国首先处在其"周边"之中,比之"欧西",其相互之间的历史渊源以及现实关联也更为密切。这就像我们对中国辽阔的边疆地区的了解程度甚至不及对欧西的了解。然而,不了解中国边疆地区以及中国"周边",我们又如何了解世界史以及中国在其中的命运?当我们忙着与遥远的"世界"接轨时,我们可能正在把有关中国内陆和边疆以及中国"周边"的研究拱手让与外人。

2012年第1期本刊增设"中外文学-文化关系史研究",并刊出历史学者张京华教授的长篇论文《三"夷"相会》,该文以《越南汉文燕行文献集成》记载的越南使者与清朝官员的"汉文笔谈"为材料,借鉴近年史界提出的"从周边看中国"概念,透过清代士大夫的眼光看待周边,同时透过越南使者和朝鲜使者的眼光看待满清文化(越南、满清、朝鲜"三夷"争夺"中华文明"的嫡传地位),为东西方文明定位与东亚"夷夏"格局的转换建立新的参照。本期刊发的《越南诗人蔡顺及〈吕塘遗稿诗集〉考论》延续了这一话题,而《"近代"的明暗与同情的国界——近代日本文化人笔下的北京人力车夫》则凸显了东亚"夷夏"格局的转换。

中国当今实行"走出去"战略,在世界各地开办"孔子学院",冀以推广中国语言和文化,而与此背道而驰的是,我们本国的国民教育体系的核心理念和课程设置则承袭新文化运动以来根深蒂固的"西方中心主义",反倒更强调英语教育而轻视本国语言文化,以致我们的文学教授中连中文都写不通顺的都不乏其人。如果我们自己轻视中国语言和文化,又何以期待他人的尊重?我们或许已经遗忘汉字和文言作为东亚世界的书面"世界语"(相当于欧洲中世纪的"世界语"拉丁文)的漫长历史,而那不是靠"走出去",而是靠自身的根深叶茂。当近代以来中国激进西化派人士鼓吹废灭汉字和文言及其承载的文化时,中国周边的"汉文字圈"就开始瓦解了。研究以汉文笔谈为载体的"中国及其周边"的文学-文化交往史,对我们当今的文化建设具有启示意义。

2014年第1期

利维斯说奥斯丁因有一种"强烈的道德关怀"而成为英国小说"伟大传统"

的奠基人。但作为英国摄政时代美学精神的女儿，奥斯丁可能并不在乎"道德问题"，她全部小说所围绕的中心乃是"社交礼仪"。本期所刊苏耕欣论文《奥斯丁小说的礼仪批评与秩序拯救》认为，奥斯丁对"社交礼仪"的关注，乃至将其提升至品评一切人物的压迫性标准，是衰落的英国乡绅阶层在对抗势力日增的英国中产阶级文化以维护自身利益时祭出的最后手段，而"礼仪表面上的非政治性"则"把一个潜在的政治问题悄然转化为一个美学或教养问题而不失其原有的批评力度和规范作用"。摄政王乔治四世对奥斯丁小说的推崇，当然并不全在于其"美学特质"。

关于"礼仪"，辜鸿铭的阐释更能体现"强烈的道德关注"。他在谈到中国礼仪时，说它的实质"是体谅和照顾他人的情感"，之所以如此，是中国人习惯于内心生活，完全了解自己的情感，也就容易将心比心推己及人。当然，他补充说，随着以袁世凯为代表的群氓势力将中国踩在脚下，这样的中国人可能已绝迹了。尽管辜鸿铭总以修辞学来弥补论证力量的不足，但我们似乎的确已处在一个让梁巨川老先生绝望到竟以自杀冀以多少扭转颓风的"廉耻丧尽"的时代，而浅薄者则依然将"廉耻丧尽"悉数归咎于中国文化。

辜鸿铭受阿诺德《文化与无政府状态》影响甚深，甚至征用它的词汇而套写了"中国牛津运动"（清末翰林院的清流党的文化复兴运动），将其作为对抗泛滥于全世界的野蛮之风的那场文化运动的一个分支进行描述。但谈及阿诺德所谓的作为西方文明之源的"两希文化"时，他似乎将"两希文化"视为纯然欧洲本土的文化，而贝尔纳则以丰富的史料证明其"东方来源"。本期所刊阮炜论文《古希腊文学的东方化革命》志在拓展贝尔纳的未竟之业，从古代东方文学和古希腊经典之间在主题和情节上的高度近似性证明古希腊文学犹如其他领域也曾发生过一场"东方化革命"。

这里的"东方"是指"埃及和两河流域"，至于"东亚"或"远东"之于古代欧洲文化的影响，仍在晦暗不明中。但中国史界近年关注的"中国及周边"也延伸到文学研究领域，例如本期所刊张哲俊论文《高句丽瑠璃王〈黄鸟歌〉：汉诗还是汉译诗?》从东汉和三国时期关于"黄鸟"的各种方言来论证"韩国历史上最早的诗歌"《黄鸟歌》并非汉诗，而是以汉语记录或翻译的一首出自高句丽瑠璃王之口的母语诗——彼时朝鲜还未能创制出自己的母语文字。

刘禾谈到"世界史"和"全球史"的区别时说："全球史与世界史的根本不同在于，世界史的思考和研究往往将本国的历史排除在外，而研究具体国族历史的学者又不问世界史，比如研究中国史的学者通常不问世界史。与上述格局不同的是，全球史将本国或本民族的历史置于全球－世界体系的范围或框架下进行动态的研究，因此本国的问题同时也是世界的问题，或者与世界的其他地方发生千丝万缕的联系。"一方面，必须打破"国别文学史"的窠臼，另一方面，要时刻意识到文学并没有自己单独的历史，而任何文学研究——哪怕当代文学研究——最终也一定是历史研究。

本期稿子编完时，已进入西历新年，而本刊编辑部也因原办公地点施工搬入一个拥挤的临时办公处，电话和网络均不便，可能给投稿者和作者造成联系上的困难，在此深表歉意。

2014年第2期

加拿大女作家玛格丽特·阿特伍德立志为加拿大这片"干净而明亮的土地"招来鬼魂。当然她不是唯一有这种文学志向的加拿大作家。本期作者张雯说"弥漫于加拿大文坛的'无鬼焦虑'"是加拿大作家们对加拿大"民族文学在厚度与历史积淀上的不足的焦虑"。这种不足影响着加拿大的国家认同，因为人不能仅仅通过利益而凝结成国，最深刻持久的认同发生在拒绝理性之明亮通透的光线照射的潜意识中，那里是情感、渴望、想象和恐惧的阴影空间。与缺乏历史因而成为"干净而明亮的土地"的加拿大不同，中国的土地上或者说人的想象中徘徊着无数的鬼魂，然而，这些鬼魂被渐渐驱逐了。

发端于清末的"科学主义"不仅意味着科技的发明和运用，同时还意味着一种整体看待和全面改造中国社会的方式，即工具理性不仅要统治外部物质世界，同时还要统治生活世界和内部世界。这种"科学主义"在民国初期的"新文化运动"中被拟人化地尊为"赛先生"。胡适在1923年写道："这三十年来，有一个名词在国内几乎做到了无上尊严的地位；无论懂与不懂科学的人，无论守旧和维新的人，都不敢公然对他表示轻蔑或戏侮的态度。那个名词就是'科学'。"

胡适此言特有所指，即一帮所谓"东方文化派"感于科学在欧洲的"破产"而试图打破国人视科学为解决一切问题的灵丹妙药的迷信。这年2月，北大教授张君劢在清华作演讲，提出"人生观之特点所在，曰主观的，曰直觉的，曰综合的，曰自由意志的，曰单一性的。惟其有此五点，故科学无论如何发达，而人生观问题之解决，绝非科学所能为力，惟赖诸人类之自身而已"。这场演讲引发了中国思想界的一场"科玄论战"，正像其他发生在新文化运动时期的论战一样，这场论战也一点也不出人意料地以"科学派"宣告"玄学鬼"的失败而告终，而诸如"古史派"等"科学的史学"、"写实主义"文学以及其他种种发誓要将中国人从"鬼魂"的阴影中赶出来的主义则像大洪水一样泛滥。

科学派的社会理想类似于1851年伦敦万国工业博览会的展馆"水晶宫"，是一个没有任何阴影的其间一切细节都按几何方式设计的通透空间。不过，参观过水晶宫的陀思妥耶夫斯基却说：人终有一天不能再忍受在水晶宫里的无聊。如果说科学派的"水晶宫"理想最终就像其他类似的巨大的社会改造工程一样中途夭折，那么，它至少成功地割裂了人们与超验世界的联系，使之变成了陀思妥耶夫斯基笔下的"地下室人"。

阿特伍德的"文学招魂"如同英国作家朱利安·巴恩斯的小说《英格兰，英格兰》中的亿万富翁杰克·彼特曼在英格兰的怀特岛上建设的"英格兰，英格兰"项目——在该岛上复制英格兰的风土人情以及历史。但本期作者王一平认为所谓"怀特岛国"并非一个"后现代反讽剧"，"它在民族国家的逐步建构中拥有了不可置疑的真实性"。的确，当本尼迪克特·安德森和埃里克·霍布斯鲍姆分别在《想象的共同体》和《传统的发明》中使用"想象"和"发明"时，并不是说这些被"想象"和"发明"出来的东西不真实，恰恰相反，它们具有心理真实性，构成民族的共同的"历史记忆"，而且拒绝"科学的史学"的明亮光线的照射，因为那是一种分解的力量。

如果说本民族共同的"历史想象"是一种民族粘合剂，那么，瓦解和分裂这种"历史想象"就成了外部殖民势力的一种文化战略。本期刊发的王升远的论文《"文明"的耻部——侵华时期日本文化人的北京天桥体验》揭示的正是战时日本作家对于北京天桥的书写。如果说战前的日本作家还将北京天桥书写为与东京浅草大同小异的贫民区，那么，战时的日本作家则在浅草与天桥之间建立了一种价值序列，两者之间横亘着"文明与野蛮"的分界线，同时，这一价值序列下行的延长线上是与天桥咫尺之遥的紫禁城，那被认为是更加等而下之的腐败、空虚的中国精英文化的象征。并非偶然的是，战时日本作家对北京地理空间的划分，与战前中国作家对北京的书写方式高度接近，即民俗文化高于精英文化，而无论中国的民俗文化还是精英文化，全都站在"野蛮"的此岸，而彼岸则是"文明之国"。王升远认为日本文化人通过"建立起'东京浅草＞北京天桥＞紫禁城'的价值序列，实现了对中国精英文化和底层庶民文化的双重战胜"，"在'文明征服野蛮'的殖民逻辑中将对华侵略战争合理化、正义化，并极易煽动起日本从官方到民间对中国的征服欲望"。日本军人在侵华战争中的残暴性与日本文人建构的"支那人劣根性"关系密切，而且它使得日本军人在杀戮乃至屠城之后少有犯罪感。

日本文人对北京天桥的书写令人联想到东亚同文馆日本学生的旅行调查。甲午战争之后不久，由于沙俄的共同威胁，中日两国居然"共捐前嫌"，双边外交关系和民间交往进入所谓"黄金十年"。日本在上海设立东亚同文馆，招募日本学生前来学习汉文，"促进两国文化交流以睦邦交"。东亚同文馆开馆之日，中国官府派人前往祝贺。东亚同文馆在其存在期间共毕业四千学生，毕业前每个学生必有一次在中国国土的实习旅行，由中国官府发给通行证以提供通行方便，而这四千学生其实是四千间谍，他们不受阻碍地对中国各地进行缜密的调查，并向校方提交详细调查报告，其详尽程度令中国今日自己进行的各地调查都大为逊色："科学工具"并不少，少的是一种无形却渗透于一切的"精神"。

2014年第3期

有位投稿者有关 W. H. 奥登的一篇论文虽未被本刊采用，但其中提到奥登的一则往事令人深思：奥登在读到自己刚出版的诗集时，感到其中"We must love one another or die"（我们须互爱，否则会死去）这行诗"不诚实"，自认不可原谅，遂在该诗集再版时删去这句他当初写下时颇感得意的诗行所属的整首诗（《1939 年 9 月 1 日》）。他说："一首诗不管写得多棒，如果传达的是作者从未有过的感受或信念，它就是不诚实的诗。"

"我们须互爱，否则会死去"，音韵之美与慷慨之气足则足矣，但爱能保证我们不死？"那是一句十足的谎言！"奥登说，"因为人无论如何是要死去的。"奥登的"不诚实"是就"自己"而言，即"作者从未有过的感受或信念"。这意味着，作为作者抑或仅仅作为说话者，必须时刻监控自己笔下或嘴里流出的每一句话是否真的符合我们自己的感受或信念，符合常识、逻辑以及理性的限度。

"不诚实"不意味着有意说假话，而是大量未经理性和常识检验的话语留存在我们潜意识里，而潜意识也会根据音韵需要自动组合一些词语，当我们要表达一种见解或仅仅描述一种事物、事态时，它们就自动弹出来。例如"恋母情结"和"弑父情结"，它们本来只是一种理论假说，即便存在于有血有肉之人身上，也只是一种"变态"，而非"常态"，但它们却常常被我们的研究者作为一种似乎已然确证的人类原初心理，母子之间哪怕一点点的亲昵或者父子之间偶然的一次激烈争吵都会被他们视为"恋母情结"或者"弑父情结"的铁证。这就像"女性主义"、"生态主义"常常被我们的研究者硬套在任何一个出现了对女人或者森林发表了一些见解的小说情境上一样。不幸，本刊收到的大量来稿中，这不是个别现象。

这种对理论名词的着迷，有时会发展到"名词拜物教"的地步，在本刊所收到的一篇来稿中，其中一段不足百字的文字里居然出现了大约二十多个时髦的理论名词及其奇特组合，而余下的几乎只是"然而"、"此外"、"或者"等表示连接的词，连推崇"概念思维"的黑格尔的在天之灵对此大概也只有自愧不如了。然而黑格尔时时给人启发，齐泽克也不那么难读，而那些理论名词拜物教的信徒们只是一些"name-dropper"：他们可能只是碰巧听说过一个显赫的名字，但一定要装作——此时我们内心的那个叫做"虚荣"的自动装置就自动开启了——自己似乎刚刚和这个名字的本尊在俱乐部里亲密地把酒言欢过的样子，以便在他的听众那里引起一阵他所期待的羡慕的感叹。

有一位聪明而有耐心的年轻女士，出于某种私人原因跟踪阅读某个年轻学者一篇接一篇发表的论文，没有发表任何意见。多年后，终于有一天，她对他说：她从他最新发表的一篇论文里"开始读出生活了"。他琢磨着这句话，并重读了此前自己所发表的一些论文，从中看到一种越来越令他羞愧难当的以大词和不由分说的肯定语气掩盖起来的轻浮。不过，还好，他开始意识到了这一点。

2014年第4期

一份专业学术期刊的编辑的快乐无疑是收到具有新见、论述缜密、资料扎实的高质量论文，如本期刊发的梁展《政治地理学、人种学与大同世界的构想——围绕康有为〈大同书〉的文明论知识谱系》、张哲俊《〈龟旨歌〉的校勘与解读——韩国上古〈龟旨歌〉与龟卜方法的关系》以及耿幼壮《唯美、道德、政治——读伊格尔顿的〈圣奥斯卡〉》等。梁文和张文均为长篇大作，旁征博引，对编辑的专业背景、知识面和外语水准要求很高，但编辑不仅不避其繁，不厌其长，反倒与作者来往讨论文稿，提出斟酌修改意见，力求精益求精。在当今各种"学术期刊评估体系"强调"载文量"（这迫使众多追求排名的期刊拒绝长篇论文）而期刊管理机构以"篇数"衡量编辑工作量的时候，这对本刊及其编辑是相当不利的，但本刊不改宗旨，依然强调"基础研究"、"独立论文"。

本刊的编辑悉为术有专攻的学者，同时，作为编辑，他们会把作者的学术成就视为自己的成就一样感到快乐。不过，对编辑来说，这种快乐的日子就像节日一样少，大部分日子和大部分平庸的来稿一样平淡无奇，而另外少数日子则灰暗得如同哀悼日——哀悼又一位作者的学术诚信死了。一些来稿明里暗里存在剽窃行为——从比较低级的剽窃文字，到比较隐蔽的剽窃观点——每发现一篇这样的来稿，编辑就像吃进了一只苍蝇，其作者则从此失信于本刊，尽管本刊对其重建诚信依然抱有某种程度的期待。编辑和匿名审读人从发现疑点，到翻阅大量中外文献来确证抄袭行为的确存在，必须花费大量时间和精力。按说，编辑或者刊物不必承担作者的学术失信方面的责任，因为一些行为规范是不言而喻的，是作为"人"而不仅仅是作为"作者"应该恪守的。本刊早在《来稿须知》中就谈到了"君子之道"，视每篇来稿为作者的学术诚信的承诺，而不必像学位论文一样要求作者签署实则侮辱作者人格的"原创保证书"。君子自律，坦坦荡荡，视荣誉为生命，岂能以怀疑加其身乎？况且，真正的学术乃个人兴趣使然，如同探险者对人迹罕至之地的孤独探险，或如侦探在稠人广众处发现为他人所不见的一二关键线索，从中感到"发现"的快乐。剽窃者自夺其兴趣，自夺其快乐，是良可哀者。

在本刊不时收到的读者反馈中，有几封直言不讳，批评本刊——"作为一份外国文学研究专业刊物"——如今似乎不太关注"文学本身"的问题。非常感谢这些热心的读者，不过，问题是，何谓"文学本身"的问题？如果以俄罗斯形式主义者所说并为韦勒克和沃伦所继承的"文学性"为界线，那将是一个语言学或修辞学问题，而不是一个文学问题，因为所谓"文学性"并非文学的特有特征，举凡"偏离日常语言"的言语现象，均存在"文学性"，只不过文学作品可能是——但不一定是——"文学性"出现得最为密集的地方。关键在于，"文学性"本身就是一个历史变量，必须在语言社会学和历史语言学中加以辨别。一个"文学文本"就是一个"话语事件",而批评的任务——按福柯的说法——是揭示"该话语事件与其所对应的经济体系、政治场域和制度层面所发生的诸多事件之间的种种关系"。声称厌倦了"政治",或认为摆脱了一切意识形态方能"回归美学自主性",按程朝翔在《理论之后,哲学登场:西方文学理论发展新趋势》中的说法,只不过是在"巩固人文主义的意识形态"。

实际上,为研究"文学自身"的问题,就必须首先与现有意识拉开一个批评的距离,因为正是这些意识构成了我们的文学研究的前提,例如梁展论文谈到的"文明论知识谱系",自近代以来,我们从西方所获得的"现代意识"就由诸如此类的"知识"构成。当我们将其当作"客观知识"接受下来并作为自己的基本思维模式时,我们就忘记了自己作为"中国人"的身份以及这些"知识"对非西方种族施加的压迫。以这种"政治无意识"进入外国文学研究,越是"只关注文学问题",就越是"被政治化"而不自知。此外,如果不知道卡夫卡是犹太复国主义者,或即便知道但在"文学性"引导下忽视他的这种政治身份,那只会在他的作品中发现所谓"人类状况",并顺着这个方向走向"玄学"——其实,按形式主义者的规定,那也不能算"文学研究"。顺便说一句,本刊绝不排斥"文学自身问题"的探讨,只是期待在这方面做得出色的论文——例如本期所登的张哲俊的考证之文——而不是那些重述文学文本的情节然后点缀几句评论的浮光掠影之作。文学研究当然要以丰富的文学经验为基础,但文学,犹如人的思维,并不像五斗柜的抽屉一样区隔不同类别的经验。我们研究文学,要动员自己的全部经验——文学的,历史的,政治的,等等。

文学因其汇聚了社会经验、情感形式、意识、想象和渴望而成为丰富的经验体,同时它也创造着自己的历史主体。文学研究通过揭示各种压迫的权力关系及其反抗而与自由的事业息息相关。伊格尔顿在通常"不被特别看作一个政治人物"的王尔德身上发现了一个激进的"社会主义者",正如耿幼壮在本期所登的论文中指出的:"王尔德是激进政治的,并不仅在于他写了关于社会主义的文章,也不仅在于他为爱尔兰人说话,而是在于他以非常幽默的方式高调调侃了维多利亚英国的资产阶级,在于他从不严肃地对待一切,而只在意形式、外表和愉悦,并非常严肃地进行自我涂鸦。"或许我们应该从这个角度理解文学的"形式、外表和愉悦"。

2015年第1期

　　在九年前的一次访谈中，朱虹先生忆及她当初的那些德高望重的老师辈们（潘家洵、朱光潜、杨振声、闻家驷、何其芳、卞之琳、冯至、钱锺书……）如何指导他们进行研究，又接着谈到她的一些极有才华但后来因接连不断的"运动"而陆续"被时代埋没"的同学辈，感叹地说："我有时候常常想，与那些被埋没的同学相比，我们这些幸存下来的都是些平庸之辈，起码我是一个。"作为英文系的晚辈，年轻的采访者孙继成转而想请朱虹先生谈谈自己在英美文学方面的研究心得——那其实是大有可谈的——但朱虹先生却执意说："我哪有什么研究心得。我们这一代人都是 lost generation。"

　　那一代老学者真的很可爱，也比我们这年轻一代年轻。不过，如果将朱虹先生此语纯粹读为客套的自谦，那可能就减损了这句话里的悲剧意味，因为当朱虹先生作此论断时，她想到的是她的老师辈与她自己那一辈学者，而她这么说，是希望我们年轻的一代学者在年老时不至于悲伤地对更年轻的一代重复说："我们这一代人都是 lost generation。"不过，极有可能，而且众多事实仿佛证明，相比老一辈学者，我们这一代人正当年时就似乎已是"lost generation"了。多少宝贵的热情、时间和智力被以另一种荒诞的形式空耗着，或转向了别处。

　　朱虹先生说他们那一代是"lost generation"，是自感羞愧于他们的老师辈，但其实他们那一辈学者一旦获得了起码的科研条件，就带来了八十年代和九十年代中国的学术复兴。至少从现在的位置回望过去，那是一个充满朝气、执著和学术热情的时代，学者们在狭小而简陋的空间里热情地讨论着学术问题，每个人脸上都带着敬畏。一个学术机构的传统通常也在于其积累的"掌故"，它们对后来一拨拨进入该机构的新人有着无形的精神影响。这些掌故之一，是朱虹先生那一批研究生刚入文学所时，老师辈们教导他们多读书，多练习写作，厚积薄发，"十年别发论文"，而这些研究生也就真的读书多年而不问发表，一旦他们开始发表，就证明了他们深厚的研究实力。

　　提到这一点，是有感于当今如过江之鲫的硕士生和博士生在还未入门时就被要求在"C 刊"上发表论文，否则就没有资格答辩，而作为链条中的一个环节，本刊就会收到出自他们之手的大量"课程作业"般的所谓"论文"，并苦涩地每天充当着这些脸色稚嫩的学生们的"行刑队"的可悲角色——按编辑的行话说，就是"毙了"。被驱入这个纷扰之地的不只是脸色稚嫩的学生，还有他们左右为难的老师们，如果他们劝说自己的学生"厚积薄发，十年不发论文"，那大有可能毁了学生的前程，另一方面，他们自己也不得不"随机"申报各类"项目"，否则就难以升职，而且，如果他们不在规定的时间段里在"C刊"上发表其"阶段性成果"，那么就别指望他们的项目过关。

当许多人开始谈论"大学的精神"时，那只说明我们的"大学"出了问题。或许当今只能以一种感伤的怀旧感来回味钱锺书先生当初的至理名言："学问大抵是荒江野老屋中两三素心人议论之事，朝市之显学必成俗学。"

2015年第2期

卢梭批评蒙田，说他在自传中"把自己画得很像，但只画出了一个侧面。谁知道他隐藏起来的另一侧的脸上是否会有道刀疤或眼帘是否有残破，能把他的容貌完全改变？"不过，卢梭在自传中袒露他人通常难以启齿的那些"可耻"的身体欲望及其驱使下的下作举动，可能只是为了骄傲地显示自己的唯一性，即天底下"唯有我"（"Oui, moi, moi seul"）才敢如此袒露自己，而蒙田其实相当谦逊，尽管他向读者许诺"我在这儿描绘的是我自己"，但他对认知的限度有充分的警觉，就像本期作者周皓所说的那样，蒙田总意识到"谈论自己的过程中可能存在的幻觉"，并不断反思"多少次我成了非我"，"基于这样的立场，蒙田虽'描述自己'，却不愿用自以为是的姿态占据画面的'中心'"，而是不断描绘"周边"，这样，"'我'随着边界一起增长、变化，展开了丰富多样的侧面"。

这种对"自我"的怀疑延伸开去，就会成为对"历史"写作的怀疑，例如本期作者陈星从莎士比亚一部很难被归类为"历史剧"的历史剧《亨利八世》中发现了莎士比亚在写完一系列历史剧之后"对历史剧形式的新尝试，通过'表演'历史来质疑历史"，"将'历史'的形成与传播过程直接搬上舞台，戏剧化地展示事实是如何在你一言我一语中诞生、扭曲、遗失"。

何止历史，我们对现实的认知不仅受制于认知的限度，也受制于利益，这就像马克·吐温之于夏威夷。夏威夷吸引他的不是其独特的自然景观、当地人的生活以及由此而产生的一种视野的拓展，而是其自然环境适合于种植甘蔗，而内战之后的美国蔗糖紧缺，夏威夷自然就成了美国吞并的目标。本期作者郭巍从马克·吐温从夏威夷发回的报道以及返回美国之后就夏威夷在美国所做的一百多场的巡回演讲，揭示马克·吐温如何"直接参与到美国在夏威夷的殖民空间生产过程"。对夏威夷人来说构成生活世界的基础部分的夏威夷土地在马克·吐温那里只意味着一些抽象的统计数字，等待夏威夷的是美国将其纳入美国资本主义生产体系。

有时，一种虚夸的"经历"也可能给认知带来一种权威性。在中国新文化运动时期，因"留美七年"而自认为、也被广泛认为在西方文学知识上具有权威性的胡适，尽管他翻译的一些西方诗歌本来只是格律诗，却被他译为"白话诗"，并被他言之凿凿地作为中国否弃格律诗的"新诗革命"的理论根据和范本。本期作者王东风尖锐地指出，胡适"一方面声称要通过翻译向人家学习，一方面却又在翻译时故意销毁原文的主要诗体特征"。

蒙田在《随笔》的结尾，以一句著名的自我怀疑的反问来劝读者对他所说的种种保持一种怀疑："我知道什么？"《孟子·尽心下》云："贤者以其昭昭使人昭昭，今以其昏昏使人昭昭。"蒙田无疑是属于"贤者"之列的。

2015年第3期

儒家首重名分，被称为"名教"。清末以来自称"通晓西洋发达之情"并主张中国"全盘西化"的新学家们指控儒家伦理以其繁文缛节钳制人心、奴化民众，与科学和民主格格不入，于是，"冲决网罗"成了一切出格言行的最高道德依据，而"冲决"之后，人们却发现自己并没到达预期的自由之地，反倒陷入辜鸿铭所预言的"无治"状态。曾把"德先生"和"赛先生"高举为新文化运动旗帜的陈独秀很快意识到了危机，他在1920年发表的《新文化运动是什么?》中重提"本能上的感情冲动"，肯定"知识上的理性、德义都不及美术、音乐、宗教底力量大"，并忏悔道："现在主张新文化运动的人，既不注意美术、音乐，又要反对宗教，不知道要把人类生活弄成一种什么机械的状况，这是完全不曾了解我们生活活动的本源，这是一桩大错，我就是首先认错的一个人。"但这已阻挡不了他们自己曾经开启的将国民从其旧有文化土壤中连根拔起的浪潮。

以理性来审视儒家伦理，正如以理性来审视基督教义以及其他宗教教义，自然会觉得是荒诞的"人为教条"，但如此就弄混了信仰与理性这两个有高低之分的范畴。本期作者陈雷通过对美国作家辛格有关犹太教及其繁琐仪式的辩证分析，提出犹太人"信仰的能力在很大程度上就是持守自己信仰的能力"这一值得思考的问题："因一时需求而产生的对上帝的热情注定是不能持久的；要让信仰持久，抽象的上帝还必须转化为对人的行为的具体的规范和约束。以上帝之名建立一条规矩让人服从实际上就是在原本分离的人和上帝之间拉起一根无形的控制线。这样的线牵得越多，人和上帝的关系就越紧密。对一条规矩的长期遵守会让这条规矩成为一种习惯，而习惯成自然，当上帝的诸多规矩最终内化为人的'自然'时，上帝就已经渗透到他的血液和骨髓里了。"他认为犹太人的这种"持守自己信仰的能力"是"犹太民族在其几千年历史中克服无数不利因素把自己的宗教信仰和民族身份顽强地保持了下来"的核心原因。陈雷在对立中、在关系中的思考充满辩证的张力，可为我们思考中国近现代史上的一些反传统运动提供一个特别的视角。

在清末民初中国新学家视为"科学"和"民主"统辖一切的欧美，各地都教堂林立，正如曾经的中国"每一县一定有圣庙，即文庙"（鲁迅语），而其繁文缛节也丝毫不逊于文庙。但在中国各县的文庙在"打倒孔家店"运动中早已被废置之后，欧美各地的教堂依然钟声回荡——如今中国各地的教堂也是如此——召唤着信众每隔一段时间就云集在同一穹顶下，同读一本书，听布道，参与仪式，分享属于同一共同体的感觉。鲁迅说孔子是"权势者们的圣人"，和民众"毫无亲密之处"，"试去穿了破衣，赤着脚，走上大成殿去看看罢，恐怕会像误进上海的上等影戏院或者头等电车一样，立刻要受斥逐的"。但"穿了破衣，赤着脚"的人若走进教堂，也照样会立刻受到斥逐（例如青岛的天主教堂和基督堂的门外便立着类似的警示语），因为怎样穿戴已是教堂仪式的一部分，而且恰恰是通过这种"身体规训"，让普通人与抽象的并且不能为理性所检验的上帝发生亲密的个人联系。

上面提到青岛的天主教堂和基督堂，它们是1897年德国占领青岛之后修建的。德国殖民者甫一占领青岛，便立即在地势的高处营建总督府和教堂，并刻意建造得美轮美奂，成为青岛的地标。当德国人纷纷来到青岛后，怎样让这本来彼此陌生的一群在这个充满敌意和异质文化的东方城市产生兄弟之谊并进而产生向心力和凝聚力，是殖民当局考虑的核心问题，而没有比把这些人召唤到同一个教堂的穹顶下并定期举行神圣仪式更有效的了，而且这些仪式可以安抚他们的思乡之情，从而把异乡当故乡。

　　参加教堂仪式，是日常生活的"节日"，然后它的影响悄悄作用于日常生活。但"日常生活"，作为一种意识形态，也可起到同样的作用。本期作者李炜以战后被日本作为"弃作"处理的日本战时女作家森三千代在华北之行后写下的三篇同题随笔《曙街》和同题长篇小说《曙街》为线索，为了解日本文化殖民的一种独特形式提供了一个视角。自1898年在天津获得"租界"后，日本人开始在天津复制日式街道，其中颇为有名的是曙街，一条充斥日本妓院、日本料理的"花街"，让来此的日本人犹若置身于"日本国内某个小都市的繁华街，那里既有种类繁多的日式小店，也有悠闲购物的日本女性，还有吃着日式杂煮的日本士兵"，以便来中国的日本人把异乡当故乡，"而对这里的原住民——中国人来说，'如何讨好日本人已经成了生死攸关的大问题'"，中国男人在森三千代笔下被描写成了顺民，犹如"京剧小生'软弱无力滑稽异常'；与之形成鲜明对比的是在天津曙街备受女人们欢迎的'日本强大武生'"，这一描写更具有殖民主义人种学色彩。李炜认为曙街"已经完全超越了它原本具有的空间意义，而具备了特殊的隐喻功能。这里不仅是'日本强大武生'的汇集地，还是日本文化覆盖中国文化的典型代表，同时也是北京等其他城市今后发展的'榜样'"。

　　作为一个曾经的半殖民国家，中国各地均留下了不少半殖民时代的充满"异国情调"的"文物"，其中许多并没有真的成为"文物"，而依然影影绰绰地作用于当今一些中国人的意识，使之将故乡当异乡。如何重建自己的文化，使之与普通中国人的日常生活发生亲密联系，不仅滋养国民的国家共同体意识，也为他们提供生活和工作的价值和意义，是迫在眉睫的问题。

2015年第4期

　　现代作家中，或许没有哪一位像卡夫卡那样被普遍认为是"人类状况"的冥思者，仿佛这个既是犹太复国主义者同时又处在奥匈帝国分崩离析时刻的布拉格犹太人只是"孤独地从事内心写作"，而犹太复国主义者们期待中的犹太国以及正面临瓦解的奥匈帝国全都与他的写作无关。不过，本期作者梁展却在《帝国的想象——卡夫卡〈中国长城修建时〉中的政治话语》一文中致力于将卡夫卡"再度历史化"，将他从批评家们所赋予的"非历史性"中拯救出来。于是，

《中国长城修建时》这篇隐喻作品就与卡夫卡在奥匈帝国陷入分崩离析之时的焦虑发生了深刻关联。卡夫卡直接以"中华帝国"作为他的政治思考的隐喻范本，探讨那些因地理辽阔和官僚机构臃肿而使得中央与地方、中心与边缘之间的交流发生困难的帝国何以维系以及何以失败的现实政治问题。

"想象"是欲望"投射"的常见方式，但"回避"也是欲望"投射"的一种方式。在英国加大对华鸦片输出并为此二度对华进行鸦片战争的1840到1860年间，英国的作家们在他们的文学创作中却极少谈到这些"具有世界历史意义"的重大事件，即便像夏洛蒂·勃朗特这样关注时政的作家也以"当代题材非我所长"而避免触及这些话题。不过，本期作者程巍却在《夏洛蒂·勃朗特：鸦片、"东方"与1851年伦敦博览会》一文中勾稽出她对中世纪十字军领袖以及当代"基督教英雄"的颂扬、对鸦片的医学和美学的效果的肯定以及她在"英国性"与"帝国性"之间的转换，揭示出她的"帝国想象"及其与遥远的中国的关联。

对以往的"社会－政治批评"的反感，使得"回归文学性本身"似乎成了"拯救文学研究"的不二法门。不过，当我们将本来就作为一个"历史参与者"的文学文本抽象化或者说"非历史化"为一堆"诗学"以供我们"冥思"时，我们可能就遗忘了"诗学的政治"（北京外国语大学张建华教授不久前在密云栗林山庄召开的一次小型学术会议上提到这个概念），例如你如何"文学性地"研究伪"满洲国"文学对于"满洲"的"风景描绘"而不触及日本殖民主义的"满洲政策"？本期作者刘超在《"近代的超克"思想谱系中的"满洲浪曼派"》一文中就给我们提出了这个问题。

因为文学所具有的虚构性，"以诗证史"的方法向来为强调"硬证据"的史家所忽视乃至怀疑，但本期作者郭雪妮在《奈良诗僧弁正在唐汉诗考论》一文中却通过对客居长安的弁正的几首汉诗的考证证明了"以诗证史"的可能性，并为"日本"国号的起源时间提供了一种可信的文学证据。

"文学反映论"仅把文学作为历史的一个消极记录者，因而就忽视了文学在"创造历史"——制造认同、建构区隔、激起反抗等等——方面的广泛而深入的作用。文学决不止是在下午茶的时候谈论的那些情感和印象，这样谈论文学只会将文学研究贬低为"风雅之事"和"内心的悸动"。实际上，哪怕当代文学研究，也要进入"文学史视野"，而这里所说的"文学史视野"或可称为

"文学的历史社会学",其基础是研究者丰富的文学经验以及对文学文本的高度敏感。

2016年第1期

艾伯特·赫希曼的《欲望与利益:资本主义走向胜利前的政治争论》是一本值得政策制定者们反复玩味的小册子,尤其是在当今各种学术评价体系将学者们驱入一种单一的对职位升迁、奖金和收入的焦虑的时刻。无论这些评价体系的本意是如何想促进学术的进展,由于它们追求短期效应,忽视"基础研究",诉诸量化计算,将学问的机关变成资本家的账房,更由于它们缺乏对于人性的基本分析,误认为人只有一种卑下的驱动力,而忽视以一种驱动力来制衡另一种驱动力,其结果,正如詹姆斯·司各特那本令人深思的著作的书名所问:"某些本来试图改善人类状况的计划为何最终以失败收场?"

作为整个学术生产和流通过程的一个核心环节,学术期刊从大量且与日俱增的来稿中最能明显地感受到这些评价体系在摧毁学者的求知欲和荣誉感方面的功效,而另一方面,由于学术期刊自身也被深深嵌入这些评价体系,为自身利益计,众多学术期刊有时就承担着代表整个评价体系来摧毁学者的求知欲和荣誉感的角色。如果本来以心智的扩大为宗旨的学术交往变成了相互贬低彼此的荣誉感乃至人格的利益交换,那就太糟了。在中国现代学术的"草创"时期,重要的或许不是以各种评价体系来催生一种学术繁荣的假象,而恰恰是"休养生息":让学者从身心俱疲的追名逐利中回到漫长、孤独而且通常"不可预知"的学术探求中。

这里提到中国现代学术在当前依然处在"草创"时期,可能会让人觉得过度贬低了当今的学术水平。不过,既然我们当今依然拜百年前那些所谓"开创了中国现代学术"的人为大师,说明我们离那个草创时期并不算太远。尽管动机不尽相同,那个时代的学者和我们这个时代的学者一样都急于求成,囫囵吞枣,他们的著作和我们的著作一样满是常识错误,并充斥着基于有限的乃至错误的信息而下的臆断,甚至也像我们这个时代的著作一样往往喜欢带着一种冒充内行的口吻谈论自己并不熟悉的东西;更相像的是,那个时代的学者常常不能容纳异己,把太多的时间和精力耗在了派系之间无聊的骂战之中,而我们这个时代稍稍有点了名或自以为学富五车的学者，当他的某个观点或者某条材料被人善意地提出意见时，他第一个反应也通常不是如遇知音的喜悦，而是像遭了侮辱。

更为内在的是，那个时代所确立的西方中心主义的世界历史感知方式依然像鬼魂一样纠缠着这个时代的活人的头脑，并以各种方式显形于我们当今的"规则"（其中包括"学术评价体系"），以致当今日中国的物质力量正在渐渐改变西方中心的世界格局时，我们的心理却依然停留在西方中心主义的世界历史感知模式之中，甚至当这一文化殖民主义的世界模式在其发源地因"政治正确"标准而被迫改换面目的时候，它却奇特地为其前殖民地或半殖民地的学者所公然地捍卫着。这种集体无意识渗透于我们的社会生活和心理生活的各个层面。1918年自杀的梁济在他的遗笔中痛心疾首地写道："今人为新说所震，丧失自己权威……一闻新说，遂将数十年所尊信持循者弃绝，不值一顾，对于新人物有自惭形秽、嗫嚅不敢言之慨，甚或迎合新人物，毁骂先代遗传，诟辱自家学理。"不幸，这一判断至今依然没有过时。

当获得国家独立的美国学者还生活在欧洲文化殖民主义阴影之下而不敢想象一种独立的美国文化的时候，爱默生以题为《美国学者》的演讲向美国学者发出了文化独立宣言。从那时起，美国学者们突然发现此前一直被欧洲人断定为——也为美国人自己所接受为——"粗俗"的美国地理居然也可以入画，其语言、风俗以及制度也有可观之处。不久，这片广袤的土地就被文学、艺术和历史书写密集地"编码"，进入象征层面而内在化，与美国人发生了密切的心灵关系。如果没有这种唤起美国人的国家认同的象征生产，一个仅仅建立于商业、科技和工业基础之上的美国可能只是一个撕裂的社会。

本来，"编后记"的标准格式是就本期所编论文略谈一二。但感于学界现状，本刊希望自己以及自己潜在的作者在同受当今各种学术评价体系之累时，还能秉有一种超脱的气质，一种对于学术的持久兴趣，并深刻地认识到我们当今依然处在学术"草创"时期，对国外的了解和对国内的了解一样残缺不全，从而致力于需要耗费大量时间和精力的"基础研究"。"基础研究"不是应用研究或者"策论"，它事关"基础"——不仅是全部的知识史，更是使这些知识得以产生、归类、联结和形成谱系的历史时空意识，而所谓"历史时空意识"自身也是历史的产物。一切应用研究或者"策论"若不扎根于深厚的"基础研究"，则率尔操觚之论行于世，且害于政也。

2016年第2期

对立的派别却秉持同样的逻辑，这种现象屡见不鲜。例如二十世纪初美国女权主义者们反对主张"妇道"的主流道德派，却坚定支持禁酒运动，不能容忍美国人的餐桌上出现任何一种哪怕只带微量酒精的饮料。对此，美国法学家艾伦·德肖微茨指出："如果女权主义者可以禁止她们认为是有害的东西，那么道德主流派当然也可以禁止他们认为有害的东西。这个社会想要相安无事，除了二者择一别无他路：要么大家都对自己感到有危害的东西作些容忍退让，以换取一个多样化的社会；或是生活在那种只允许没有人感到有危害的东西存在的单一社会之中。"

1912年的美国"新女性"或"女权主义者"对"泰坦尼克"号海难叙事建构的"女士优先"的"绅士精神"颇为不满，认为船上的女人们应该以牺牲自己来换取作为"社会栋梁"的男子的生命。这些"新女性"反抗一切社会规范，却以反抗的方式强化了这些规范背后的假定——白人男子乃社会之支柱。在本期所刊登的论文《"文明"的"持家"：论美国进步主义语境中女性的国家建构实践》中，作者周铭揭示了十九世纪末二十世纪初的美国"新女性"其实并未违反最为基本的性别规范和种族规范：她们以"持家话语"积极参与了美国的"文明"国家的形象建构。这就像维多利亚时代的英国"新女性"们瞧不起简·奥斯丁的家长里短的小说，要求更大的社会政治空间，但她们一方面要求与英国男子平等，一方面却支持英国的海外殖民统治。

不过，在伍尔夫看来，以家长里短为小说素材的奥斯丁却是一个伟大时代的开辟者之一："十八世纪末发生了一种变化，若让我重写历史，我将把它描绘得比十字军东征或玫瑰战争更详细，更有意义。这个变化是：中产阶级妇女开始写作了。"但没有机会接受正规教育甚至被局限于家庭的十八世纪末和十九世纪初的中产阶级女性们是从何种途径学会了写作？本期作者张鑫在《奥斯丁小说中的图书馆空间话语与女性阅读主题》中延伸了伊安·瓦特在《英国小说的兴起》中的研究——瓦特注重走村串户的"流动图书馆"的作用，而张鑫则深入家庭男性主人的私人"图书馆"或者说"书房"及其与女性阅读空间之间的关系。

与作为一种象征资本的私人"图书馆"或"书房"一样，拥有一套来自中国的精美瓷器在英国也曾是社会地位的象征。景德镇陶瓷大学的侯铁军对瓷器有着特别的兴趣，不过，作为一个英国文学研究者，他在本期所刊登的论文《"茶杯中的风波"：瓷器与十八世纪大英帝国话语政治》中尤其关注十八世纪之前英国对中国瓷器的狂热如何在十八世纪大英帝国的政治、种族、贸易以及美学话语建构中被逆转为对欧洲瓷器的赞美。

美国"新批评"的布鲁克斯曾把诗歌的精美结构喻为"精致的瓮"——这个词组来自十八世纪末十九世纪初的英国浪漫派诗人济慈的一首诗，指的是古希腊的陶罐，而不是更加精致的中国瓷器。经过"十八世纪大英帝国话语政治"对中国瓷器的系统贬低，之前被英国人作为美轮美奂的象征资本的中国瓷器终于在美学和道德上被大大降格，而一度被认为工艺和材料远逊于中国瓷器的欧洲陶器——如"希腊古瓮"——则跃居到美学等级之巅。当新批评派试图把"文学性"作为一个自我充足的永恒美学存在时，他们就遮蔽了使某一物品被赋予"美"的那个政治的、社会的、种族的和经济的动态过程。

2016年第3期

"诗三百"中对人体描绘得最为详细的莫过于《硕人》："手如柔荑，肤如凝脂，领如蝤蛴，齿如瓠犀，螓首蛾眉。"假若你碰巧不知道"柔荑"、"凝脂"、"蝤蛴"、"瓠犀"、"螓首"、"蛾眉"为何物，那你对诗中的这个女子到底长成怎样自然不会有多少概念，但即便你碰巧知道"柔荑"、"凝脂"、"蝤蛴"、"瓠犀"、"螓首"、"蛾眉"为何物，你对她的容貌也仍然只有一个模糊的印象，因为这里采用的是类比或者比喻，而不是直描。这种类比或比喻的描绘方法到汉代依然如故，如《孔雀东南飞》描绘焦仲卿妻"指如削葱根，口如含朱丹"。诗歌如此，本来擅长铺陈的明清小说在这一点上也不例外，如《红楼梦》描写林黛玉："两弯似蹙非蹙罥烟眉，一双似喜非喜含露目。态生两靥之愁，娇袭一身之病。泪光点点，娇喘微微。娴静时如娇花照水，行动处似弱柳扶风。"

不过，对人体的描写在"新文学"之后便渐渐走向了直描，例如学习过西洋绘画并在上海的教会学校和香港的大学学习过的张爱玲在《倾城之恋》（1943）中描写白流苏对着穿衣镜端详自己："她还不怎么老。她那一类的娇小的身躯是最不显老的一种，永远是纤瘦的腰，孩子似的萌芽的乳。她的脸，从前是白得像瓷，现在由瓷变为玉——半透明的轻青的玉。下颌起初是圆的，近年来渐渐尖了，越显得那小小的脸，小得可爱。脸庞原是相当的窄，可是眉心很宽。一双娇滴滴，娇滴滴的清水眼。"她这副形象在从小受英国教育的"洋派"的范柳原眼中成了"真正的中国女人"、"地道的中国人"。换言之，这种人物描绘已具备了中国古代文学所不具备的种族生物学特征。

这也正是本期作者熊鹰在《"日本人"的发现与再现：以森鸥外的小说〈花子〉为例》一文中探索的问题，尽管其对象是"'日本人'的发现"。她在文中指出："森鸥外从德国习得的卫生学运用更多的是人类学研究中常用的'描述'与记录的方法。常规的研究有骨骼测量、营养与能量计算等，并结合这些测量结果对日本人的身体结构及种族特性做定量和定性分析。也正是在这一系列的'科学'话语建构的过程中，'日本人'的人种特征被逐步确立起来，并被森鸥外进一步'转述'进文学及美术作品。"人类学的前身是西方的人种学，是西方人种学家采用"科学"观察和"科学"记录的方式对"土著"进行的描述，以便将其纳入西方人种学的人种等级范畴。

这种"科学"的观察和记录的方式也被用于对那些原本属于"土著"的土地的描绘，例如本期作者陈榕在《〈我的安东妮亚〉中内布拉斯加边疆景观的国家维度》一文中就把美国"进步时代"的女作家薇拉·凯瑟对"边疆"风景的描绘与美国民族性的想象结合起来，以描写实现占有，化异乡为家乡。美国"进步时代"是美国总统威尔逊实现美国地理学家特纳在《边疆在美国历史上的重要性》中提出的"边疆假说"的时代，而凯瑟的边疆作品可以说是这种"边疆假说"的文学版。

文学不是一堆用来"沉思"的可视画面。文学总在行动。如果我们仅仅注重"看什么"，而不探求"看的方式"，也就是说不去探求左右"看的方式"的那些知识谱系及其权力诉求，那么我们看到的或许就是别人教给我们去看的——此时，你就无意间接受了"看的方式"背后的那套知识谱系。

2016年第4期

西奥多·阿多诺、沃特·本雅明、赫伯特·马尔库塞、路易·阿尔图塞、米歇尔·福柯、亨利·列斐伏尔、雷蒙德·威廉斯、特里·伊格尔顿、弗雷德里克·

詹姆逊、爱德华·萨义德、皮埃尔·布尔迪厄、佩里·安德森……这一连串为中国学者经常提到的光辉的名字几乎可以无限地列下去，而这些揭发着资本主义社会的意识形态国家机器的压迫的思想家的一个共同特征是"马克思主义者"——无论他们是（或者被看作）怎样的"马克思主义者"，他们都不是"机械的马克思主义者"。这一点与马克思本人的态度一致。马克思为他们提供了充分的批评灵感，而不是一套僵死的套话。我们必须牢记，马克思主义有一个最终的伦理目标，那就是人的尊严和自由。本期刊发的"马克思主义理论专辑"基于多种原文资料，侧重于一些核心概念的历史梳理，而此专辑的动机之一就是重申马克思主义的思想价值。你不能想象一个当今学者的书架上没有一长溜马克思主义的著作。书架上的这个空白意味着思维中的一种残缺——那不是知识的残缺，而是意识的残缺。

本刊读者可能会因为本刊所刊发的论文强半皆英语文学论文——尤其是英美文学论文——而认定本刊有"英语中心主义"之嫌，并感叹在中国学科格局中本已处境艰难的"小语种"文学研究在论文发表上被给予的空间也十分狭窄。这是一种误解。本刊对出现这样的"英语中心主义"也同样感到羞愧，仿佛"外国文学"一词被本刊等同于"英美文学"，尽管本刊为自己申辩的理由是本刊来稿的绝大部分为英美文学论文。对于感叹"小语种"论文发表空间狭窄的读者或者潜在的作者，本刊也感叹道，不说"小语种"，就连法语、德语、俄语等当初被认为的"大语种"在来稿数量上也渐渐沦为"小语种"，难得一见。因此，这些读者大概不会知道本刊编辑们在收到一篇质量上乘的"小语种"论文时那种几乎奔走相告的兴奋感了。

另一方面，正因为从事英美文学研究的学者众多，他们之间大范围的学术交往以及激烈的学术竞争不断推高国内英美文学研究的学术水准，而"小语种"文学学者人数少得多，其中一些甚至像孤星一样点缀在茫茫夜空之中。这也是本刊对那些优秀的"小语种"学者格外多一份敬意的原因，尽管本刊不会因为"小语种"的不利处境而降低选稿的学术标准。至少，对本刊而言，"大语种"是靠该语种学者自己创造出来的，这同时意味着每一个语种都有可能成为"大语种"。

谈到所谓"小语种"，就不能不谈到本刊一直倡导的"中国及其周边"文学-文化关系史研究，并且将其视为跳开近代以来中国的"中-西对举"的"西方中心主义"思维模式的一个行动。"中-西对举"使我们往往掠过中国的周边而一步从中国跨到西方，而这个被跨过的辽阔的环形周边——除了极其有限的几段——在我们的文学知识谱系上几乎成了一片巨大的空白。

这使我们不得不联想到十九世纪东西列强的"探险家们"，他们靠着腿力或者原始交通工具走遍亚洲大陆的每一处皱褶，并留下大量的研究。我们屡屡谈到"去殖民化"，并试图在殖民主义话语的废墟上确立我们自己的世界历史意识，但如果我们自己对这些地区或者国家一无所知，那么，它们在我们的知识谱系中就仍将保持着它们当初被西方殖民主义探险家们书写的模样，而我们就成了他们的无意识的同谋。

跋

时间有时不是一种均质的东西。据说经历过"卫国战争"的苏联人不说"我比你大四岁",而说"我比你大一场战争"。本刊创办于 1987 年,至 2017 年,正好三十年。这三十年的变化,可以让一座城市在它的本地居民眼中几乎变成一座让他们宛若外乡人的陌生之城。但从观察的角度来说,这或许并非一种遗憾。

我们恰好处在这个变化不断的时代和世界,接二连三的晴天霹雳的变化被雕刻进了我们的身体和思想,我们不能装作世界和我们自己还是我们第一次翻开一部文学作品的时候的天真样子。研究始于失去天真之后。此时,我们才能拉开自己与研究对象之间的距离——为的是在语境中观察它。本雅明说过:要使平原里的一棵树变成风景,我们就必须与它拉开一个距离。不过,仅是拉开距离还不足以使得这棵树成为风景,还必须有更多的东西——诸如有关"风景"的观念以及这一概念得以产生、建立并且成为支配性观念的社会关系(这意味着同一场域存在着对抗性的观念,时时威胁"风景"的客观性)等等,换言之,你或许不得不从整个社会关系进行观察,才能真正理解这棵树何以"成为"或者被建构为风景。

本刊的办刊理念散见于三十年的百余篇"编后记"中。这并不是说本刊自 1987 年创办伊始就有了一个一以贯之、一成不变的"理念"——倘若如此,那本刊就成了马克·吐温笔下沉睡二十年而不知世界已变的瑞普·凡·温克尔了。身处一个急剧变化着的时代和世界,面对以前的知识谱系的纷纷解体以及电子网络时代易得的堆积如山的各类文献,而我依然故我,虽千万人往而我独不偕往,勇则勇矣,其蛮勇也夫?声称自己一成不变,把 1987 年左右徘徊在中国的学术世界的康德的幽灵一直奉为圭臬，历史就停止了，三十年如同一日，也就断无"刊物史"了。

按时间先后连续阅读这百余篇"编后记"，可以分明察觉到本刊三十年来在不停地探索并校正其办刊理念，不是以"时俗"为标准来校正，而是以"学术的进展"为标准，为此，虽千万人不往而我独往。本刊三十年一百二十期所载之论文，既集中体现了国内外国文学领域同仁三十年来的探求及其变化，也体现了本刊编辑同仁三十年来的探求及其变化。显然，当今，我们——无论作者，还是编辑——已站立在这么一个正—反—合之"合"的"时代之点"上。一种整体性的历史化的文学研究之所以成为可能，不仅因为三十年间各种理论产生的合力（毋宁说张力）推动着历史感知朝着辩证的方向发展，而且，e - 考据时代提供了比以前任何时代远更丰富的史料文献之可能。

从"文本之外空无一物"，到"语境之外空无一物"，对"美"或者"形式"的内在的主观的冥思开始向着文学的历史社会学敞开的辽阔社会关系睁开双眼。按照某位作者的说法，如今，写一篇论文，其庄重的姿态如同写一部专著，至少得参阅二百本书，也至少得花费半年乃至一年的时间，而且必须像一个时刻面临挑战的人一样站立在十字路口，跟踪与观察国际同行的研究状况，确立自己的路径。或许，在经历一个多世纪的对于西方学术的亦步亦趋的模仿之后，中国学者开始像爱默生笔下的"美国学者"那样终于对"老英格兰"抬起了沉滞的眼睑，平视对方，并且意识到"学者应该是自由的——自由并且勇敢……如果他为了求得心灵平静，有意回避政治或令人烦恼的问题，像鸵鸟一样埋头花丛，苟且地进行科学实验或写诗作赋，那也如同一个胆小的孩子，靠吹口哨来鼓舞自己……一个人如果能看穿这世界的虚饰外表，他就能拥有世界"。

一份刊物之于一个编辑，犹如绵长的历史之于一个匆匆过客，他必须把自己视为一长列为着一项比自己个人更重要也更持久的共同事业而在幕后默默奉献一些岁月然后一个接一个默默离开的男女编辑中的一个；更关键的是，他必须把自己看轻，把自己看轻才会有所敬畏，不是敬畏个人——因为个人之间的相处之道，无非平等加上礼仪——而是敬畏比个人更重要也更持久的东西。理想的作者也是如此。

对于一份学术刊物来说，作者与编辑之间的关系往往是一种最为奇特也最为敏感的关系。不过，本刊向来愿意将这种奇特的敏感的关系化为一种简单的关系，一种基于廉耻感和荣誉感并因此行事公正的君子之道，正如辜鸿铭在《中国牛津运动始末》中所说："一切文明和良治赖以存在的最终基础，是民众起码的廉耻感和公共事务中的普遍行事公正。"

程　巍

2018 年 5 月

图书在版编目（CIP）数据

《外国文学评论》三十周年纪念特辑／《外国文学评论》编辑部编 . -- 北京：社会科学文献出版社，2018. 8

ISBN 978 - 7 - 5201 - 3132 - 2

Ⅰ. ①外…　Ⅱ. ①外…　Ⅲ. ①外国文学 - 文学评论 - 文集　Ⅳ. ①I106 - 53

中国版本图书馆 CIP 数据核字（2018）第 161808 号

《外国文学评论》三十周年纪念特辑

编　　者／《外国文学评论》编辑部

出 版 人／谢寿光
项目统筹／梁艳玲　裴　玉
责任编辑／奚亚男

出　　版／社会科学文献出版社　（010）59366560
　　　　　地址：北京市北三环中路甲 29 号院华龙大厦　邮编：100029
　　　　　网址：www. ssap. com. cn
发　　行／市场营销中心　（010）59367081　59367018
印　　装／三河市东方印刷有限公司

规　　格／开　本：787mm × 1092mm　1/16
　　　　　印　张：19.75　字　数：340 千字
版　　次／2018 年 8 月第 1 版　2018 年 8 月第 1 次印刷
书　　号／ISBN 978 - 7 - 5201 - 3132 - 2
定　　价／98.00 元

本书如有印装质量问题，请与读者服务中心（010 - 59367028）联系